Nuova Narrativa Newton

1368

Titolo originale: *Poison at the Village Show*

Traduzione dalla lingua inglese di Marta Lanfranco
Prima edizione: luglio 2023

ISBN 978-88-227-8009-6

www.newtoncompton.com

Realizzazione a cura di The Bookmakers Studio editoriale s.r.l.s.
Stampato nel luglio 2023 presso Puntoweb s.r.l., Ariccia (Roma)

Catherine Coles

Un misterioso omicidio e molti segreti

Newton Compton editori

Per mio fratello, che mi manca ogni giorno,
ma la cui perdita mi ricorda quanto sia importante
inseguire incessantemente i propri sogni
e non arrendersi mai.

Personaggi

Martha Miller, protagonista
Ruby Andrews, sorella di Martha
Luke Walker, il nuovo vicario
Alice Warren, presidentessa del comitato del villaggio di Westleham
Charles Warren, marito di Alice
Cyril Bottomley, poliziotto del villaggio
Ben Robertson, ispettore di polizia
Ernest Harrington, direttore dell'ufficio postale e proprietario del negozio del villaggio
Elsie Harrington, moglie di Ernest
George Felton, abitante del villaggio
Gertrude Felton, moglie di George e governante della canonica
Ada Garrett, pettegola del villaggio
Maud Burnett, vicina di casa di Martha, ama diffondere i pettegolezzi
Joe Noble, proprietario del Cricketer's Arms, il pub del villaggio
Florence Noble, figlia di Joe
Margaret Leaming, segretaria del comitato del villaggio di Westleham
Dottor Briggs, medico del villaggio
John Bennington, fattore
Stan Miller, marito di Martha, scomparso un anno fa

Lizzie, il cane di Martha
Nancy Turner, tata degli Harrington

1

Westleham, Berkshire, luglio 1947

«Ho sentito dire che il nuovo vicario è un bel bocconcino», dissi a Lizzie, il mio setter rosso, prima di riflettere sulle mie parole. «Be', entrambe sappiamo bene che, in questo villaggio, basta che a un uomo non escano i peli dalle orecchie o dal naso per essere considerato avvenente».

A ogni modo, la cosa non mi riguardava, dal momento che ero una donna sposata, pur non sapendo che fine avesse fatto mio marito. Un bel giorno Stan era uscito di casa per andare a lavorare in città, e non aveva mai più fatto ritorno. Mancava da circa 364 giorni, 10 ore e 3 minuti; non che contassi ogni singolo minuto in sua assenza, perché non lo facevo.

A quanto mi era stato riferito, era salito sul solito treno alla stazione del nostro piccolo villaggio per recarsi a Londra. Alcuni pendolari lo avevano visto in attesa sui binari. Poi più nulla.

Stan non si era presentato al lavoro, e da allora nessuno lo aveva più rivisto. Pur essendo cosciente del tempo trascorso, non trovavo arduo vivere senza di lui: avevo imparato a farlo quando era stato mandato a combattere per la libertà del nostro Paese. No, mi spiace ammetterlo, ma la ragione principale per cui contavo il tempo trascorso dalla scomparsa di Stan era la mia malaugurata incapacità di pagare le bollette.

La banca presso cui mio marito era impiegato mi aveva versato il suo stipendio fino al giorno della scomparsa. Da quel momento in poi ero stata costretta a contare solo sulle mie forze.

Mi voltai a guardare Lizzie con i gomiti sul tavolo della cucina e il mento appoggiato sui dorsi delle mani. «Se solo fossi brava in qualcosa che la gente sia disposta a pagare».

Mi ero detta, o piuttosto avevo pensato, quelle parole centinaia di volte nell'ultimo anno. Purtroppo, provenivo da una famiglia che aveva sempre ritenuto superfluo che io imparassi un mestiere. Dopo avere finito la scuola, avevo aiutato mia madre a crescere i miei fratelli più piccoli fino a quando non erano stati pronti per il mondo del lavoro. Una volta esaurita la mia utilità in casa, i miei genitori mi avevano fortemente incoraggiata a trovare un marito.

Un compito alquanto difficile. Sebbene non fossi una giovane donna del tutto banale, c'erano tantissime ragazze molto più belle di me. I miei capelli non erano né di un bel rosso brunito né di un biondo miele, ma una via di mezzo. Se avessi dovuto fornire una definizione più precisa, avrei ottimisticamente detto che erano biondo fragola. Il mio punto forte con ogni probabilità erano gli occhi, di un sorprendente azzurro marino, con ciglia e sopracciglia chiare. Il naso invece era piccolo, ma un po' appuntito.

Mi ritenevo molto fortunata ad avere trovato un uomo con uno stipendio adeguato. Malgrado non avessi perso la testa per lui, lo giudicavo un marito buono e affidabile, che provvedeva al nostro sostentamento.

C'eravamo sposati due anni prima che scoppiasse la guerra in Europa. Quando Stan era stato chiamato a prestare servizio nell'esercito, avevo gioito di non avere dei figli di cui occuparmi. Ora, avrei voluto fossero loro la giustificazione per cui restavo a casa, e non la mia mancanza di esperienza lavorativa.

«Nessuno vuole assumere una donna la cui unica abilità consiste nel fare i lavori di casa», informai Lizzie con tristezza. «Se solo fossi più come Ruby».

«Odieresti fare il mio lavoro». Ruby fece il suo ingresso in cucina, infilando i piedi nelle pantofole che avevo messo a scaldare davanti alla mia stufa Aga in ghisa. «È noioso e retribuito con un misero salario. In più, stare in piedi tutto il giorno non fa bene alla postura».

«Non ti ho sentita entrare». Dopo avere indossato i guanti da forno, sistemai la quiche che avevo lasciato raffreddare sopra l'Aga al centro del tavolo, accanto a una ciotola di insalata mista.

«Perché eri troppo impegnata a chiacchierare con il cane». Ruby accennò verso Lizzie e le accarezzò la testa.

«Non ho nessun altro con cui parlare durante il giorno». Allargai le braccia con i palmi in su. «E poi non protesta mai».

«Non c'è bisogno che mi scaldi le pantofole, Martha. Siamo a luglio!», esclamò Ruby con un sorriso, prima di lavarsi le mani.

Scrollai le spalle. «So che ti fanno male le caviglie dopo essere stata in piedi tutto il giorno. Le pantofole calde servono a lenire il dolore».

Ruby si asciugò le mani e si sedette di fronte a me. Lizzie si sdraiò sotto il tavolo. «Ti ringrazio. Mi doneranno un po' di sollievo durante la prossima mezz'ora, mentre mangio. Poi uscirò».

Feci un sospiro. Non era colpa di Ruby se era il mio esatto opposto: brillante, vivace e incredibilmente bella. Usciva ogni venerdì e sabato sera, anche se non condivideva mai con me i dettagli dei suoi appuntamenti; non avevamo quel tipo di legame tra sorelle.

Essendo la maggiore, ero ancora mortificata di essere stata costretta a chiederle di venire a stare da me per aiutarmi con le bollette. Dal momento che avevo sposato un uomo serio e responsabile come Stan, non mi era mai passato per la testa che un giorno avrei dovuto prendere un inquilino in casa.

Alcune settimane dopo la scomparsa di mio marito, il direttore della banca mi aveva chiamata e convocata in sede per spiegarmi in modo zelante che non potevo accedere al conto di Stan, nemmeno per prelevare dei fondi, perché era intestato esclusivamente a lui. Tuttavia, mi era concesso di versare del denaro per coprire le bollette.

Versare del denaro?

Ricordo ancora quanto le mie guance si erano infiammate per l'umiliazione: ero stata costretta a replicare di non possedere soldi miei e di non avere modo di guadagnarne. Durante la guerra, mi ero arruolata nella Women's Land Army, ma al rientro degli uomini, come altre donne, avevo subito smesso di coltivare la terra.

Dopo la scomparsa di Stan e l'infruttuosa ricerca di un lavoro, non mi restava che prendere un inquilino in casa. Per fortuna mia sorella non vedeva l'ora di lasciare le Midlands e di vivere un po' più vicino alle luci di Londra. Dio solo sa che ne sarebbe stato di me se Ruby non fosse venuta in mio soccorso.

«Hai un appuntamento?», le chiesi. Tagliai la quiche e ne misi una fetta nel piatto di Ruby.

«Sì», annuì lei, servendosi lattuga, spinaci, barbabietole, ravanelli e pomodori. «Vado al cinema».

«Con un uomo?». Riempii le tazze di tè e spinsi il piattino di Ruby davanti a lei. La interrogavo di rado sulle sue uscite, ma quella sera mi pesava particolarmente l'assenza di qualunque brivido nella mia vita.

«Sì». Ruby incrociò il mio sguardo, per poi abbassare di nuovo gli occhi sul piatto. «Ho sentito dire che il nuovo vicario è piuttosto affascinante».

«Come lo sai?»

Ruby sventolò una mano. «È sulla bocca di tutti».

Ovvio che lo fosse. L'ultimo evento emozionante a Westleham si era verificato quando il precedente vicario si era accasciato prima di avere concluso il suo sermone. Il dottor Briggs, il medico del villaggio, si era premurato di rassicurare la congregazione che era morto prima di colpire l'implacabile pavimento di pietra della chiesa.

Ripensandoci, forse non l'avrei dovuto definire "emozionante". Mi morsi il labbro. Povero reverendo Gibbs. «Sarà strano avere un vicario giovane. Suppongo che non abbia fatto abbastanza esperienze di vita da cui attingere per i suoi sermoni».

«A mio avviso, il reverendo Gibbs ci metteva un po' troppo di tutto. Prima di rendermi conto di quanto fosse seria la situazione, ero convinta che si fosse annoiato fino ad addormentarsi».

«Ruby!», l'ammonii, ma non potei impedire agli angoli della mia bocca di formare un sorriso.

Lei scrollò le spalle. «Con cosa hai fatto questa quiche, Martha? È deliziosa».

«Spinaci, cipollotti e peperoni. Niente di speciale».

Non potevamo permetterci altro, a parte quello che riuscivo a coltivare nell'orto o che ero in grado di comprare con i soldi che mi versava Ruby. Almeno la guerra aveva avuto un aspetto positivo: avevo imparato a coltivare una varietà di frutta e ortaggi. Possedevo anche delle galline nel cortile sul retro. Se Stan fosse mai tornato a casa, sarebbe rimasto devastato nel vedere che le mie fatiche nell'orticoltura avevano rovinato il prato che un tempo tanto apprezzava.

«Il giardino è ancora intatto?»

Una domanda innocente, che però mi fece sentire lo stesso estremamente in colpa.

L'indomani ci sarebbe stata la fiera del villaggio e il mio era uno dei pochi giardini sfuggiti alle scorribande di uno sconosciuto, che si intrufolava nelle proprietà altrui nel cuore della notte per distruggerne le piante.

«Sì. La gente mi additerà, sostenendo che ho barato per vincere il primo premio». Ero giunta a desiderare una visita da parte dell'ignoto devastatore di giardini, giusto per non dare nell'occhio. Il mio terreno intatto, pieno di prodotti coltivati con cura, era la riprova che fino a quel momento non ero stata presa di mira dal furtivo distruttore di ortaggi, e avrebbe senza dubbio spinto l'intero villaggio a domandarsi se fossi io la colpevole.

«Il tuo orto è indubbiamente il migliore». Ruby allungò il braccio per accarezzarmi la mano. «Nessuno passa così tanto tempo a curare la frutta e la verdura come te. Ti meriti qualsiasi premio ti verrà assegnato».

«Ti ringrazio», dissi, deglutendo il groppo in gola. Mi concentrai nel raccogliere la lattuga nel piatto con la forchetta, mentre cercavo di controllare le lacrime. Se Ruby si fosse accorta del mio turbamento per il vandalismo negli orti del villaggio, non sarebbe più uscita.

La mia natura poco socievole era rimasta immutata anche dopo che io e Stan ci eravamo trasferiti nel villaggio; nei primi mesi di matrimonio mi ero impegnata a creare un ambiente casalingo, che speravo avrebbe reso felice mio marito, mentre durante la guerra non c'era stato il tempo di coltivare le amicizie. In seguito alla scomparsa di Stan, mi ero isolata per non essere al centro dei pettegolezzi del villaggio. Quando mi ero messa ad arare il prato per ampliare il mio piccolo orto, mi aveva sconvolta scoprire che un'anziana signora particolarmente cattiva, di nome Ada Garrett, aveva suggerito che con ogni probabilità avevo sepolto mio marito sotto le patate.

Ero certa che molti abitanti mi ritenessero la persona che

si aggirava furtiva nel cuore della notte, sabotando i raccolti altrui. Ma, in primo luogo, ero così esausta dopo una giornata trascorsa in giardino, a rassettare la cucina e a portare a spasso Lizzie, da non potere nemmeno pensare di lasciare il mio cottage dopo cena. In secondo luogo, vincere una coccarda non era affatto importante per me.

Tuttavia, se ci fosse stato un premio in denaro, non posso giurare che non avrei fatto a pezzi i succulenti pomodori della signora Henderson o tagliato a metà le pluripremiate zucchine del signor Peters.

Mentre Ruby si preparava per il suo appuntamento, sistemai gli avanzi del nostro pasto e lavai i piatti. Dalle scale, trasmessa dalla radio, mi raggiunse una melodia moderna che non conoscevo.

Non era la prima volta, da quando Ruby era diventata la mia inquilina, che mi sentivo vecchia e fuori dal mondo che si estendeva oltre Westleham. L'ultima volta che avevo lasciato il villaggio lo avevo fatto per portare Lizzie dal veterinario. Ed ecco l'altro problema: la mia migliore amica era una cagnolina.

Avere sempre qualcuno con cui parlare era piacevole, ma, di tanto in tanto, sognavo di ricevere una risposta che non fosse un muso bagnato o una leccata conciliante. Pur non essendo una persona emotiva, anch'io avevo bisogno di un po' di contatto umano. Forse, ora che avevo iniziato a gestire le implicazioni finanziarie della scomparsa di Stan, sarei stata pronta ad affrontare l'incidente che aveva segnato la mia vita.

Scossi la testa per scacciare via la malinconia, agganciai il guinzaglio di Lizzie e infilai i piedi nelle scarpe abbandonate accanto allo zerbino. Un abbraccio sarebbe stato molto gradito, ma io e Ruby non eravamo cresciute in una famiglia affettuosa. La mia compagna canina era il mio unico conforto, fatto che mi rendeva più fortunata di molti altri dopo la devastazione della guerra.

Non chiusi la porta a chiave, e non lo avrei fatto nemmeno se Ruby fosse stata fuori. La piccola comunità in cui vivevamo non lo rendeva necessario. Stan, viceversa, si preoccupava sempre che la casa fosse al sicuro. Immagino che fosse dovuto al fatto che lavorava a Londra dove, stando a lui, erano tutti più sospettosi.

Di solito, uscita dal cancello svoltavo a sinistra, perché preferivo camminare ai margini dei campi del fattore Bennington, dove la possibilità di incontrare altri esseri umani era inesistente.

Quella sera però mi incamminai verso il villaggio. La mia casa sorgeva ai confini di Westleham, un po' arretrata rispetto alla tranquilla strada di campagna che attraversava il centro del paese. Ai lati del cancello c'erano alte siepi che ci fornivano un certo grado di privacy, di cui però non avevamo bisogno. La gente del villaggio veniva dalle nostre parti soltanto quando voleva farci visita, il che probabilmente spiegava il mio umore malinconico: era molto raro che qualcuno bussasse alla porta del Tulip Cottage.

La mia bocca si incurvò in un mezzo sorriso al pensiero della targhetta sulla mia casa. I tulipani erano il mio fiore preferito, ma Stan odiava l'idea che il nostro cottage portasse un nome simile. Così, poche settimane dopo la scomparsa di mio marito, mi ero accordata con John Bennington, il contadino che confinava con la mia proprietà a est, e lui mi aveva fabbricato il cartello. Lo avevo pagato in torte di mele.

Da allora, ogni volta che tornavo a casa, contemplavo l'unico atto di ribellione del mio matrimonio. Era triste pensare di aver dovuto aspettare che mio marito mi lasciasse prima di osare fare qualcosa che non avrebbe approvato.

Sull'altro lato confinavo con Maud Burnett, un'anziana signora la cui gioia più grande era ascoltare, e soprattutto diffondere, i pettegolezzi del villaggio. Era stata Maud a informarmi che Ada Garrett andava in giro a dire di essere certa che la polizia non avrebbe trovato Stan a Londra, bensì sotto le mie patate.

Se avessi premeditato l'assassinio di mio marito, cosa ben lungi dalla realtà, di certo non sarei stata così sciocca da seppellirlo nella mia proprietà. Tra i campi di John Bennington e la strada vi erano dei fossati molto profondi; se avessi gettato il corpo lì e lo avessi coperto con delle foglie, difficilmente sarebbe stato scoperto.

Scossi la testa. Forse il motivo per cui Ada aveva diffuso una diceria così ignobile era perché sembravo colpevole. Di certo, le normali casalinghe non pensavano al modo migliore di sbarazzarsi del cadavere del proprio marito. Tuttavia, a mia discolpa devo dire di non avere mai voluto fare fuori Stan fino a quel fatidico giorno di quasi un anno prima, in cui non fece ritorno a casa. All'epoca desiderai di avere avuto il coraggio di essere io la causa della sua scomparsa.

«Buonasera!». Una profonda voce maschile mi distolse dai miei pensieri.

Scacciai via dalla mia mente Stan e il suo omicidio, e concentrai la mia attenzione sullo stretto vicolo. Un uomo dai capelli scuri, che non avevo mai incontrato prima, alzò una mano in segno di saluto. Notai che nell'altra reggeva un'elegante lobbia nera. Mi umettai le labbra di colpo secche, e mi augurai che i pantaloni beige sbiaditi che indossavo non fossero troppo sporchi. Almeno mi ero ricordata di togliere il grembiule.

Sollevai una mano per ricambiare il saluto, ma non potei fare a meno di aggiustarmi i capelli. Quanto mi sarebbe piaciuto tingerli di un biondo brillante come quelli di Ruby per attirare l'attenzione. A ogni modo, l'ampia fascia rossa che avevo ricavato dalla manica di un vecchio pullover nascondeva ai più la mia chioma spenta.

Quando lo sconosciuto attraversò la strada a lunghe falcate, Lizzie sbatté la coda contro la mia gamba. Immaginai che si trattasse del nuovo vicario. In questo caso definirlo "un bel bocconcino", come avevo fatto poco prima, non rendeva appieno l'idea.

Aveva occhi azzurri incorniciati da ciglia scure che si arricciavano verso l'alto. Perché gli occhi degli uomini appaiono sempre molto più belli di quelli delle donne? Inoltre era molto alto, con una leggera spolverata di lentiggini su naso e guance. Ricordai che mia nonna amava chiamarle "baci di fata". Ingoiando l'inopportuno bisogno di condividere quell'informazione con lui, gli tesi la mano.

«Io sono la signora Miller, Martha. Piacere di conoscerla».

Desiderai subito non avergli chiarito di essere sposata. A ogni modo, era del tutto vano nascondere il mio stato civile in un villaggio così piccolo. Probabilmente era già al corrente di chi fossi. Forse si era appuntato di farmi visita per informarsi su mio marito e domandarmi se avevo bisogno di espiare qualche colpa. Ero certa che Ada gli avesse già riempito la testa con le sue ultime teorie.

Sorrise, mostrando una fila di denti bianchi e dritti. Quell'uomo era semplicemente troppo bello per essere vero. «Signora Martha Miller», ripeté, «è un vero piacere fare la sua conoscenza».

«Io abito laggiù». Indicai il mio cottage.

Che sciocca! Sapeva già dove abitavo, mi aveva vista chiudere il cancello e avviarmi lungo la strada solo pochi istanti prima. Imputando la mia stupidità alla stanchezza, cercai un argomento sensato.

Lizzie proseguì a scodinzolare, dimostrando di essere eccitata quanto me all'idea d'incontrare il nuovo arrivato. Fortunatamente per lei, non poteva mettersi in imbarazzo uscendosene fuori con qualcosa di ridicolo allo scopo di coinvolgerlo in una conversazione. Il vicario si inginocchiò per accarezzare con entusiasmo la testa di Lizzie con le sue mani grandi e capaci. «È una vera bellezza».

«Sì». Mi inumidii di nuovo le labbra, pentendomi amaramente di avere indossato una camicetta di un tenue color limone e un paio di pantaloni un tempo appartenuti a Stan. Sebbene avessi tagliato i centimetri in eccesso e rifatto l'orlo, non ero riuscita ad accomodarli in vita, perciò erano tenuti su da un pezzo di spago. Ero certa che, con il mio abito migliore e magari un po' del rossetto di Ruby, mi sarei sentita molto più a mio agio e la conversazione sarebbe fluita con facilità. Purtroppo però, ero solo io. «Allora, lei è il nuovo vicario?»

Come se non fosse evidente dal collare bianco. Non ero una sciocca. Peggio, ero un'idiota imbranata. Non c'è da stupirsi che Stan mi avesse lasciata.

«Luke Walker». Non riuscii a capire se il suo sorriso era amichevole o se stesse ridendo della mia inettitudine sociale. «E, sì, sono il nuovo vicario».

«C'è una signora Walker?», gli domandai, sbirciando oltre le sue spalle come se sua moglie si fosse nascosta dietro la siepe di Arthur Peters, in attesa di spuntare e presentarsi non appena avessi chiesto di lei.

«Purtroppo non ho ancora trovato qualcuno disposto a sopportarmi», rispose in tutta tranquillità.

Difficile a crederlo, ma mi trattenni dal condividere la mia convinzione. Mantenendo lo sguardo fisso sui piedi, mi preparai all'inevitabile domanda. Ora che gli avevo chiesto del suo stato civile, era probabile che si sarebbe informato su mio marito. Sempre che, naturalmente, non lo avesse già ragguagliato Ada, cosa di cui ero quasi certa.

«Lizzie», sbottai.

Sentii le mie guance avvampare, mentre mi fissava con aria confusa. «Avevo capito che il suo nome era Martha».

«Sì», annuii, prima di deglutire e farmi assalire dall'imbarazzo. «Il mio nome è per l'appunto Martha. È il mio cane, che stava ammirando, a chiamarsi Lizzie».

Il cancello della mia proprietà si chiuse di botto, e dei tacchi picchiettarono sul marciapiede. Ruby ci raggiunse con passo svelto. Aveva indossato un vestito dell'esatta tonalità di giallo dei peperoni che avevo raccolto quella mattina. Le sue labbra erano di un rosso vivo, le sue gambe fasciate da collant velati, e ai piedi portava un paio di scarpe nere con le quali non avrei potuto fare due passi senza cadere a faccia in giù.

«Salve», disse con freddezza a Luke. «Sono Ruby Andrews, la sorella minore di Martha».

Per un attimo venni pervasa dalla gelosia. Ruby aveva i capelli ben acconciati, un bel vestito e delle scarpe femminili. Io ero l'esatto opposto. Come se non bastasse, aveva precisato che ero la sorella maggiore. Trattenni un sospiro. Era inutile irritarsi per un fatto così palesemente ovvio.

«Vi lascio conversare», mi affrettai a dire. «Devo portare a spasso Lizzie. È stato un piacere conoscerla, vicario. Buona serata, Ruby».

Mi allontanai di corsa prima che uno dei due potesse obbiettare.

Perché mai passavo così tanto tempo a desiderare di avere più contatti umani, se, nel momento in cui ottenevo l'oggetto delle mie preghiere, ero incapace di mettere insieme anche la più semplice delle frasi?

«È innegabile che sia molto attraente», dissi a Lizzie al rientro della passeggiata. «Ma c'è dell'altro».

Riempii il bollitore e lo misi sul fornello dell'Aga. Poi aprii una bustina per il tè e versai dentro quattro cucchiaini di boccioli di lavanda. Dopo averla immersa nell'acqua, mi voltai verso Lizzie. Non credo che per lei avesse alcuna importanza, ma io trovavo alquanto scortese parlarle dandole le spalle.

«Non sono riuscita a trovare nemmeno una cosa un po' intelligente da dirgli», mi lamentai. «Mi sono sentita piuttosto stupida».

Lizzie inclinò la testa di lato, offrendomi una meravigliosa imitazione di totale solidarietà.

«Domenica la chiesa sarà gremita. Il nuovo vicario potrebbe avere la capacità di affascinare anche le vecchie brontolone». Mi morsi il labbro. «So che è egoista da parte mia e che non sono affari miei, ma spero tanto che non si innamori di Ruby».

Ebbi l'impressione che a Lizzie non importasse se io fossi o no solidale con mia sorella. Avrei dovuto desiderare che un uomo gentile e rispettabile come il nuovo vicario si interessasse a Ruby. Versai l'acqua calda nella teiera, lasciai la tisana in infusione e andai in corridoio a osservarmi con occhio critico allo specchio ovale. Girai la testa da una parte e dall'altra, ma il riflesso non cambiò né mi mostrò qualcosa di nuovo.

«Ho il naso troppo appuntito», dissi a Lizzie, mentre tornavo in cucina. «I miei capelli sono spenti e indosso dei vestiti vecchi e trasandati. Per la miseria, indosso i vecchi pantaloni di Stan!».

Scossi la testa in segno di disgusto per me stessa. Non aveva alcuna importanza quale impressione avessi fatto al vicario, perché, che mi piacesse o meno, ero sposata. Finché Stan non fosse tornato a casa o la polizia non avesse trovato il suo corpo, non c'era niente che io potessi fare per cambiare quel dato di fatto.

Non aveva senso sprecare del tempo ad autocommiserarmi. Avevo accettato la mia sorte ormai da tempo. Il mio matrimonio era stato per lo più insoddisfacente e, oserei dire, noioso. Invidiavo Ruby, che aveva una vita davanti a sé e delle opzioni che io non avevo avuto prima della guerra. Le cose stavano cambiando per le donne. Il mondo stava cambiando... be', almeno per Ruby.

«Ma non per noi, vero, Lizzie?». Mi inginocchiai davanti alla mia fedele compagna per appoggiarle una guancia sul lato della testa. «A Westleham non cambia mai nulla». Anche se non era del tutto corretto. Qualcuno si stava intrufolando nottetempo nei giardini del villaggio. Rabbrividii al pensiero che uno sconosciuto potesse distruggere le mie amate piantine. Non ero come la maggior parte degli altri abitanti, che facevano giardinaggio per hobby o in vista della fiera del villaggio. Io e Ruby dipendevamo dal cibo che coltivavo.

«Basta!». Mi alzai in piedi e mi versai una tazza di tisana alla lavanda. «Mi sono autocommiserata a sufficienza. Come direbbe la mamma: "È inutile piangere sul latte versato". Andiamo a sederci in salotto».

Accesi la radio prima di sedermi sulla mia poltrona. Di solito, il venerdì sera andava in onda uno sceneggiato, seguito da un concerto. A volte leggevo o lavoravo a maglia, ma quella sera non ero dell'umore, perciò mi limitai a starmene seduta a sorseggiare la mia tisana.

Mi augurai di tornare a essere me stessa il giorno dopo. La fiera del villaggio era l'evento più importante dell'anno e, dato che ero la vicepresidentessa del comitato, avrei dovuto soddisfare molte richieste.

Mi rincuorò ricordare che Ruby mi aveva promesso di prestarmi un vestito per l'occasione, così decisi di pensare un po' di meno ad affascinanti vicari fuori dalla mia portata e un po' di più agli aspetti positivi della mia vita.

2

«Mi sento decisamente strana», dissi a Ruby. «Non sono io».

«Non è questo il punto?», replicò lei, guardandomi con la testa inclinata di lato. «Non credi di meritarti di assomigliare quanto più possibile a una star del cinema per un giorno?»

Mi accigliai, tornando a esaminare il mio riflesso nello specchio dell'ingresso. «Questo rossetto rosa è molto sgargiante».

Ruby scrollò le spalle. «È di gran moda. Tutte le ragazze lo portano».

Mi trattenni dal sottolineare che da anni ormai non ero più una ragazza. Girando la testa di lato, osservai di nuovo il mio riflesso. Il colore fucsia sulle mie labbra era molto più audace di quello che avrei scelto io, e l'acconciatura creata da Ruby era più sofisticata di quella che sarei stata in grado di fare da sola. Ma a darmi un aspetto completamente trasformato erano il vestito elegante e le scarpe con il tacco alto che Ruby aveva insistito per prestarmi. Be', ero del tutto diversa a parte... «Il mio naso è ancora troppo appuntito».

«Per quello non posso proprio farci niente, vecchia sciocchina».

«No», convenni. «Credo che nessuno possa porvi rimedio».

«Almeno ti piacciono i capelli?».

Distolsi lo sguardo dallo specchio per puntarlo su Ruby. «Hai fatto un vero e proprio miracolo. Grazie mille per tutto».

Se fossimo cresciute in una famiglia diversa ci saremmo abbracciate, ma i nostri genitori non ci avevano insegnato a manifestare il nostro affetto. Rimpiangevo ogni giorno di più la mancanza di calore emotivo. Mi mostravo più amorevole con Lizzie che con mia sorella.

Perché?

«Rita Hayworth portava i capelli così in una rivista», commentò Ruby, esaminandomi con occhio critico.

La sera precedente, prima di andare a letto, la mia brillante sorella mi aveva dato istruzioni su come acconciarmi i capelli. Avevo diligentemente contorto le braccia dietro la testa per assicurarmi che i bigodini, che Ruby aveva lasciato sulla toeletta in camera mia, racchiudessero ogni ciocca dei miei capelli nell'esatto modo in cui mi aveva indicato. Visto il risultato, dovetti ammettere che era valsa la pena provare quel temporaneo dolore alle spalle.

Tolti i bigodini, Ruby aveva sollevato i capelli dalla nuca per fissarli in cima alla testa, cotonando appena la parte anteriore e lasciando ricadere morbidamente le punte ondulate. Poi aveva tirato e appuntato indietro i lati, dando all'intera acconciatura un aspetto semplice ed elegante. In questo modo, aveva creato l'illusione che avessi una massa di capelli, invece delle ciocche sottili e flosce che di solito nascondevo sotto il foulard.

Con il vestito preso in prestito e la nuova pettinatura non sembravo affatto la Martha Miller del Tulip Cottage, moglie di Stan e appassionata di giardinaggio. Avevo l'aria di una londinese pronta ad andare a vedere uno spettacolo con un giovane uomo. A occhi chiusi, immaginai il mio accompagnatore che mi tendeva la mano per aiutarmi a scendere dall'autobus, una volta giunti nel West End. Quando vidi il viso sorridente del nuovo vicario, abbandonai immediatamente il mio sogno a occhi aperti. Non era bene che pensassi ad altri uomini, soprattutto a un uomo di Dio come Luke Walker.

«Suppongo che dovremmo andare». Dando un'occhiata all'orologio a pendolo nell'angolo della sala, mi accorsi che erano le nove. La fiera del paese non sarebbe iniziata prima delle undici, ma, essendo la vicepresidentessa del comitato, dovevo presentarmi prima di chiunque altro per assistere la presidentessa, Alice Warren, nei preparativi dell'ultimo minuto.

«Sì, dovresti andare», mi sorrise Ruby, spingendomi con delicatezza verso la porta d'ingresso. «Ti raggiungerò più tardi per offrirti il mio sostegno morale».

«E se cado a faccia in giù?»

«Se devi cadere, Martha, lo farai indipendentemente dal fatto che io ti stia camminando accanto». Ruby mi tenne aperta la porta d'ingresso finché non varcai la soglia. «Non dimenticare quello che ti ho detto. Tieni la testa alta e le spalle indietro, e andrà tutto bene».

«Ti metti delle scarpe del genere ogni fine settimana?». Mi accigliai, controllando con aria dubbiosa le belle calzature ai miei piedi. «Forse avrei dovuto esercitarmi a camminare. Non pensi che dovrei tornare dentro a indossare qualcosa di più adatto?»

«Fanno sembrare le tue gambe molto lunghe e snelle. È a questo che servono». Ruby sventolò le mani in aria. «Ora va'. Sei peggio di un bambino al primo giorno di scuola».

Stringendo la borsetta al corpo con una mano tremante, avanzai di un passo lungo il vialetto, prima che la porta si chiudesse dolcemente alle mie spalle. Ormai non potevo più tornare indietro.

L'albero di maggiociondolo sulla destra era in piena fioritura, con i suoi fiori gialli che pendevano dai rami sottili. Non c'era da stupirsi che venisse chiamato "pioggia dorata". Quando mi accorsi che sull'erba c'erano diversi baccelli, pensai di rientrare in casa per metterli da parte.

Non riuscivo a ricordare se avevo informato Ruby della loro velenosità, e che Lizzie non doveva avvicinarsi.

Voltandomi indietro verso casa, scorsi Ruby in salotto. Aveva scostato le tende per indicarmi il cancello alla fine del vialetto. «Vai», mimò con la bocca.

Se Lizzie avesse avuto bisogno, Ruby l'avrebbe fatta uscire nel giardino sul retro, ma di sicuro non sarebbe stato necessario. Sorrisi tra me e me quando ricordai di avere furtivamente portato a spasso Lizzie quella mattina presto, con un foulard che copriva i bigodini che non avevo osato toccare e il cappotto di Stan che nascondeva il pigiama, che non mi ero tolta per la paura di fare saltare uno dei fermagli che tenevano i bigodini in posizione.

Dovevo aver avuto l'aspetto di un mostro! Per fortuna non avevo incrociato nessuno nella direzione dei campi del fattore Bennington.

Raggiunto il cancello del giardino, mi aggrappai a esso per riprendere fiato in vista della breve camminata verso il villaggio, dove si sarebbe svolta la fiera. Quindi barcollai lungo il viottolo, desiderando di avere un braccio a cui aggrapparmi per mantenere l'equilibrio.

Forse avrei dovuto semplificarmi la vita smettendola di desiderare cose che non avevo. Stan mi avrebbe offerto il suo braccio se fosse stato lì quella mattina? Probabilmente no. Non mi avrebbe vietato del tutto di indossare i tacchi alti, un rossetto acceso e un vestito stravagante preso in prestito, ma di certo mi avrebbe suggerito di lavarmi la faccia e di mettere qualcosa di più ragionevole prima di uscire di casa.

Non era la prima volta che mi ritrovavo a gioire per il suo mancato ritorno a casa, ma poi una breve fitta di senso di colpa cancellò il sorriso dal mio volto. Sarebbe stato per sempre così? Ogni volta che avevo la possibilità di vivere un bel momento, avrei provato rimorso perché non sapevo se Stan era vivo o morto? Mi sembrava ingiusto dovere soffrire perché mio marito era scappato con un'altra donna.

Chiaro, non ne ero certa, ma pareva l'ipotesi più probabile, anche se non era una cosa da lui. Stan era il tipo di uomo che amava la routine: ripeteva sempre gli stessi gesti, sia quando si preparava per andare al lavoro, sia quando tornava a casa.

Di tanto in tanto, lasciavo che la mia mente si interrogasse su altre possibilità. Avevo scartato subito l'ipotesi che se la fosse data a gambe con gli incassi giornalieri della banca e qualsiasi altra attività criminale, perché mi avrebbero di sicuro riferito se fosse stato un fuggitivo. Né riuscivo a immaginare che qualcuno gli avesse fatto del male. Era una persona così ordinaria.

Persino la polizia si era convinta che avesse una relazione con un'altra donna e che mi avesse lasciata per stare con lei, una volta assodato che non l'avevo seppellito nel mio campo di patate.

Mi chiusi il cancello del giardino alle spalle, facendo attenzione a non strappare le calze nuove di zecca che mi aveva regalato Ruby, e seguii il suo consiglio.

A testa alta e con le spalle indietro, guardai il vicolo che portava al centro di Westleham e iniziai a camminare.

Alle undici, gli abitanti del villaggio uscirono dalle loro case, riversandosi sul prato. Il sole splendeva sui tavoli a cavalletto coperti da teli bianchi come le nuvole che si muovevano nel cielo blu.

«Ci sarà un'affluenza formidabile, signora Miller», commentò Alice Warren, mentre mi passava accanto con una cartellina in una mano e una penna nell'altra.

«Tutto merito della sua meravigliosa organizzazione», esclamai alla sua schiena.

Era il primo anno da quando era scoppiata la guerra che la fiera del villaggio aveva luogo. Non appena era stata annunciata la data, l'entusiasmo si era diffuso in fretta tra tutti gli abitanti. Si trattava della prima celebrazione dopo la giornata della vittoria, per questo era molto attesa.

«Mi sorprende che la gente si sia disturbata a venire». Ada Garrett si fermò all'interno del piccolo tendone eretto da alcuni uomini del villaggio. Più tardi, lì sarebbero stati annunciati i vincitori di ciascuna categoria della fiera. C'era da aspettarsi che Ada cerasse di rovinare una giornata che nemmeno il tempo inglese aveva osato mandare in malora.

Accatastai sul tavolo qualche bicchiere fornito dal Cricketer's Arms, il pub del villaggio. Mi diede il tempo necessario a formulare una risposta educata da rivolgere alla vecchia pettegola irascibile. «È la prima fiera del villaggio da anni, signora Garrett. Credo che vi parteciperanno tutti».

«La maggior parte delle persone non ha un bel niente da mostrare». Mi scrutò dai riccioli in cima alla testa fino alla punta delle scarpe di Ruby, che mi stavano stringendo le dita dei piedi in modo molto fastidioso.

«È davvero terribile quello che è capitato», dissi in modo pacato. Quella donna era esasperante. I danni causati ai giardini degli abitanti del villaggio erano un terribile atto di vandalismo, ma io non c'entravo nulla.

«Lo crede sul serio?». Ada appoggiò una mano sul suo fianco largo per squadrarmi con palese antipatia.

Qualcuno avrebbe dovuto informare Ada Garrett che, quando inclinava la testa in quella precisa angolazione, i peli che le spuntavano dal neo sul lato del viso erano molto più evidenti; ma quella persona non sarei stata io.

Inarcai un sopracciglio. «Perché non dovrei trovarlo terribile?»

Mi rivolse un'altra occhiata. «Ma si è vista, agghindata di tutto punto? È ovvio che si aspetta di vincere tutti i premi in palio».

«Al contrario, signora Garrett», risposi cortese, ormai abituata al tono acido e al modo di parlare schietto di Ada. Era più facile essere gentili con quella donna quando ci si concentrava sul suo neo peloso, piuttosto che sul viso schiacciato e su quei fastidiosi occhi.

«Oh, suvvia, signora Miller. Il suo è uno dei pochi giardini non danneggiati. I prodotti del suo orto sono sulla bocca di tutti».

Buono a sapersi. Almeno non parlavano più di Stan e di dove l'avevo seppellito.

«Sono contenta che la gente pensi che il cibo che coltivo nel mio orto sia di qualità».

«Suppongo sia dovuto al buon fertilizzante», ribatté Ada, evidentemente frustrata dal fatto che non avessi reagito alle sue parole nel modo in cui avrebbe voluto. «Ah, il suo povero marito».

Frugai nella borsetta appoggiata a lato del tavolo per tirare fuori un fazzoletto e tamponarmi gli angoli degli occhi. Sperai che in quel modo si sarebbe sentita abbastanza in colpa da lasciarmi in pace. «Sì, oggi è un anno che il mio povero Stan è scomparso».

«Le sue lacrime di coccodrillo non mi ingannano». Ada si sporse in avanti. «*So* che cosa ha fatto a quel disgraziato».

Su una cosa aveva ragione: non riuscivo a piangere per la scomparsa di mio marito, però ignoravo per davvero che fine avesse fatto. Quella vecchia megera credeva che mi piacesse faticare nell'orto per potere avere un po' da mangiare per me e Ruby? Sebbene sapessi che Ada era avvezza a dire tutto quel che le passava per la testa, le sue parole facevano male. Non riuscivo a immaginare per quale motivo si fosse convinta che sarei stata capace di uccidere mio marito.

«Che cosa scortese da dire», risposi, desiderando suggerirle di andare a casa a occuparsi dei peli che le spuntavano dal viso.

«Se si è vestita così nella vana speranza di attirare lo sguardo del nuovo vicario, farebbe bene a ricordarsi che è una donna sposata».

«Mi sono vestita così perché sono la vicepresidentessa del comitato del villaggio ed è importante che abbia un aspetto professionale». Cercai di non mostrarmi ferita e di parlare con un tono il più normale possibile. «A ogni modo, devo ammettere che mi auguro che il vicario mi noti. Non credo di fare del male a nessuno».

«Se vincerà il primo premio, signora Miller, sarà notata dall'intero villaggio».

«Sono lieta di poterla rassicurare», dichiarai senza problemi, «che quest'anno non vincerò nemmeno un premio».

Ada rimase a bocca aperta come un pesce all'amo. Dopo un po' si ricompose e mi puntò contro il suo grassoccio indice. «La tengo d'occhio».

E io terrò d'occhio i tuoi peli da topo. Vediamo quanto in fretta crescono.

Aprii la bocca per dirlo ad alta voce, ma l'uomo protagonista del mio fantastico appuntamento nel West End mi evitò di abbassarmi al livello di Ada.

«Buongiorno, signore». Luke piegò la testa per passare sotto il tendone. «Il buon Dio ci ha mandato una bella giornata, vero?»

«Sì, vicario», mormorai.

«Mi risulta che lei abbia il miglior orto del villaggio, signora Miller».

«Mi fa molto piacere sentirlo».

«Soltanto perché non è stato sabotato». Ada mi rivolse un'occhiata così piena di odio da farmi fare un passo indietro. Non avevo idea del motivo per cui le risultassi tanto antipatica.

«Sono stata incredibilmente fortunata che il vandalo abbia risparmiato il mio giardino». Mi costrinsi a sorridere alla megera. «Altrimenti, non so come io e Ruby ce la saremmo cavata durante l'inverno, senza i prodotti del mio orto per sfamarci».

Il vicario mi guardò con ammirazione, a differenza di Ada che era di un'indecorosa tonalità di rosso. «Ma ho sentito bene un attimo fa? Ha forse detto che quest'anno non vincerà nessun premio? Com'è possibile se il suo orto è il migliore?»

Feci un ampio sorriso verso Ada, prima di dedicare tutta la mia attenzione a Luke. «Ho deciso di non partecipare alla fiera. Visto che faccio parte del comitato, non mi sembrava etico».

Una mezza bugia. La mia mancata partecipazione alla fiera non aveva a che vedere con l'integrità, quanto piuttosto con il fatto che in palio non c'erano premi in denaro. Non avevo bisogno di coccarde, ma di sfamare la mia piccola famiglia.

«Davvero nobile da parte sua», disse Luke colpito. «Posso confessarle che è molto bella con questo vestito?»

«Troppo gentile», borbottai, faticando a riempirmi i polmoni dell'aria necessaria a respirare e a parlare.

L'uomo si rivolse ad Ada. «Che cappello meraviglioso! Le piume sono così decorative».

«La ringrazio, vicario». Ada gli sfiorò il braccio. «Posso mostrarle dove potrà assaggiare la mia marmellata di uva spina?»

«Ne sarei felice, signora Garrett».

Mentre si trascinava via il vicario, Ada mi scoccò un'occhiata trionfante. Peccato che non si accorse dell'occhiolino che mi fece lui.

Che cosa significava? Aveva udito le parole poco gentili di Ada ed era entrato nel tendone per salvarmi? O forse c'era dell'altro?

Non aveva alcuna importanza, perché Ada aveva ragione: non ero una donna libera, anche se mi faceva piacere ricevere un po' di attenzione da un uomo. Stan non mi aveva mai guardata con ammirazione, nemmeno il giorno del matrimonio.

Ripresi a sistemare i bicchieri sul tavolo, decisa a non lasciare correre la mia immaginazione. Per quanto apprezzassi la gentilezza del vicario, non saremmo mai stati più che amici.

Probabilmente ci sarebbe voluto un po' di tempo prima che il mio cuore, che galoppava selvaggio, si calmasse abbastanza da ascoltare il messaggio sensato che il cervello stava cercando di trasmettere al mio corpo sovraeccitato: lui era il vicario del villaggio, e io una donna sposata.

I giudici portarono a termine la loro valutazione nel tardo pomeriggio, dopo avere esaminato i fiori, ammirato gli ortaggi e assaggiato le marmellate. Come di consueto in una fiera di un piccolo villaggio, erano personaggi di spicco della zona. Nel caso di Westleham, si trattava del conte di Chesden, che viveva in una villa oltre i campi del fattore Bennington, e del deputato locale, Rupert Gosford. In caso di disaccordo, andava chiesto il parere di lady Chesden. Alice mi informò con aria autorevole che, in tutti gli anni in cui la fiera aveva avuto luogo, lady Chesden si era sempre espressa a favore della scelta del marito.

«Cominciamo?», trillò Alice tutta eccitata.

Florence Noble, la figlia del proprietario del pub, si spostò tra gli abitanti del villaggio con un vassoio, assicurandosi che tutti avessero un bicchiere del mio gin alle prugne prima dell'annuncio di Alice.

I bambini giocavano fuori dal tendone e, da qualche parte, un cane abbaiò. Riuscii a intravedere Ruby in fondo alla folla. Bevve un sorso del suo drink, poi alzò il bicchiere nella mia direzione. La tradizione esigeva che fosse il presidente a bere per primo, che tutti gli altri si unissero al brindisi e che poi venissero annunciati i premi. Desiderai potermene infischiare delle convenzioni come mia sorella.

«Prima di tutto, il brindisi». Alice levò il bicchiere. «Quest'anno il comitato del villaggio di Westleham è lieto di gustare il delizioso gin alle prugne fornito dalla nostra signora Miller. Sono certa che vi unirete a me nel ringraziarla per la sua generosità».

Annuii e sorrisi ai mormorii di ringraziamento provenienti dal pubblico. Era vero che avevo donato diverse bottiglie di gin al comitato affinché venissero gustate durante la fiera, ma solo perché speravo piacesse così tanto agli abitanti del villaggio da renderli inclini a pagare per averlo in futuro. Joe Noble, il proprietario del pub, aveva ottenuto una deroga dal birrificio, e ora poteva vendere il mio gin nel suo locale.

Era passato molto tempo dall'ultima volta in cui avevo compiuto un atto gentile fine a se stesso. Purtroppo, dalla scomparsa di Stan, le mie azioni erano quasi sempre motivate dall'utilità.

Alice tenne il bicchiere vicino alla bocca. «Lord e lady Chesden... signor Gosford... stimati ospiti... a Westleham, alla fiera di paese, al comitato e ai nostri meravigliosi abitanti!».

Alice bevve, e tutti gli altri la seguirono. Per un lungo istante, l'atmosfera di euforica celebrazione rimase intatta.

Dopodiché, Alice barcollò in avanti. Si schiantò contro il tavolo di fronte a lei, rovesciando a terra piante e vasi. Qualcuno cacciò un urlo, poi fu la volta del frastuono acuto dei bicchieri che si infrangevano, quando Florence fece cadere il vassoio del gin alle prugne, mentre fissava Alice con gli occhi spalancati per l'orrore.

Spronata dall'espressione di angoscia di Florence, mi avvicinai ad Alice. Strinse le mani intorno al collo come se cercasse di strapparsi dalla gola il liquido che aveva appena ingerito. Era troppo pesante perché riuscissi a reggerla, così mi accasciai con lei sul pavimento. Alice ansimò disperata, in cerca d'aria.

Qualcuno chiamò il dottor Briggs. La voce concitata di un uomo pronunciò il nome di Alice. Le donne urlarono. Regnava il caos.

Aveva avuto una specie di ictus? Non possedevo alcuna formazione medica, perciò ignoravo che cosa avrei dovuto fare. Mai prima di quel momento mi ero sentita così inadeguata o poco preparata. Tenendo la testa di Alice in grembo, le tolsi i capelli dalla fronte con mani tremanti, come avevo visto fare alle madri con i loro figli.

Quando il dottor Briggs si fece largo tra la folla e si accovacciò accanto a me, il corpo di Alice si immobilizzò. Erano passati meno di due minuti dal suo esuberante brindisi, ma era parsa un'eternità.

Alice Warren era morta.

3

«Forza, signora Miller. L'aiuto ad alzarsi». Luke mi tese una mano, poi si chinò in avanti per scrutarmi con attenzione. «Si sente male?»

Scossi la testa, allungando le mani verso le sue. Tremavano come foglie al vento d'autunno. «Sto bene».

La mia voce aveva un suono acuto e forzato, niente a che vedere con il mio tono abituale. Il vicario mi fece alzare in piedi. Guardai l'erba accanto a noi, dove giaceva Alice. Il dottor Briggs era chino su di lei e le stava praticando la respirazione artificiale. Nonostante non avessi alcuna formazione medica, sapevo che era del tutto inutile. Il suo viso era diventato di un'orribile tonalità di viola, non poteva di certo essere sopravvissuta.

«Il mio gin alle prugne», sussurrai, guardando Luke. Il colore del volto di Alice mi aveva ricordato che l'ultima cosa che aveva consumato prima di morire era stata versata dalle bottiglie di alcolici da me preparati. Mi si attorcigliarono le budella per la possibilità che il mio gin alle prugne avesse provocato la morte di Alice.

«Io mi sono sgolato tutto il bicchiere», dichiarò Luke, «e sto bene».

Aveva un modo di fare molto rassicurante. Supposi che facesse parte degli insegnamenti del seminario. Tutti gli uomini di Chiesa avevano quell'atteggiamento, come se nulla al mondo fosse in grado di scombussolarli.

«Tesoro!». Charles, il marito di Alice, si affrettò a raggiungere la figura prona della moglie. «Ti prego, svegliati, amore mio».

«È sicura di stare bene?». Luke mi osservò, poi si voltò verso Charles.

«Certo». Annuii con vigore. «Charles ha bisogno della sua assistenza».

Il collo prese a farmi male a causa della mia zelante affermazione, come se non fosse abbastanza forte da tenere la mia testa in posizione eretta. Non desiderai altro che andare a casa e sdraiarmi sotto una calda trapunta.

«Martha! Santo cielo! Che cosa è successo?». Ruby mi raggiunse, cingendomi le spalle con un braccio.

Ero così grata della sua presenza e del suo sostegno che scoppiai subito a piangere. «È stato orribile, Ruby, semplicemente orribile».

«È morta?», sussurrò, trascinandomi in un angolo del tendone lontano dal corpo di Alice.

«Senza ombra di dubbio», risposi, frugando nella mia borsetta. «Mi serve un fazzoletto».

Ruby ne tirò fuori uno per porgermelo. «Tieni. Povero tesoro».

«Te lo rovinerò».

«Si può rimediare, Martha, quindi fa' pure».

Mi asciugai le lacrime dal viso e mi soffiai il naso. Ruby mi strizzò la spalla. «Non posso credere che la signora Warren sia crollata a terra morta davanti a tutto il villaggio».

«E dopo avere bevuto il tuo gin alle prugne».

«Ruby!», la rimproverai. «Che brutta cosa che hai detto».

«Non intendevo insinuare che il tuo gin avesse qualcosa di strano».

Mi scrollai di dosso il suo braccio rassicurante. «Allora perché te ne sei uscita con una cosa del genere?»

«Intendevo solo dire che…».

«So benissimo che cosa intendevi dire». Sospirai. In fondo Ruby aveva soltanto dichiarato l'ovvio. Senza dubbio l'intero villaggio sarebbe presto giunto alla medesima conclusione, se non l'aveva già fatto. «Ada mi ha già trattata abbastanza male oggi. Non ho bisogno di altre batoste».

«Ada è una vecchia megera». Ruby si voltò a controllare che quella strega non fosse a portata di orecchio. «È probabile che sia colpa sua. Avrà fatto un incantesimo alla signora Warren».

«Io non credo alla stregoneria». Mi assicurai di sorridere a mia sorella per dimostrarle che non le portavo rancore, quindi appallottolai il fazzoletto sporco. Forse non avrei dovuto sottrarmi così in fretta al suo abbraccio. Era bello non sentirsi completamente soli. «Grazie, Ruby».

Lei aggrottò le sopracciglia con espressione confusa. «Per cosa?».

Le strinsi una mano. «Per essere qui con me».

«Devo interrogarla immediatamente, signora Miller». L'agente Cyril Bottomley, il poliziotto del villaggio, si intromise nella conversazione con mia sorella. Era ovvio dal suo sguardo che mi ritenesse responsabile della morte di Alice. «Non si muova, signorina Andrews. Dovrò parlare anche con lei».

«Vado solo a prendere una sedia per mia sorella», replicò Ruby. «È in evidente stato di shock. Le sue gambe stanno tremando più del terzo mento della signora Garrett».

Trattenni un sorriso provocato dalle parole scortesi di Ruby; ancora una volta la invidiai, perché anch'io avrei voluto esprimere i miei pensieri con la stessa facilità con cui lo faceva lei. Forse lavorare in fabbrica insieme ad altre giovani donne l'aveva resa disinibita, dandole la sicurezza di esprimere ad alta voce i suoi pensieri, invece di misurare ogni singola parola come la sottoscritta.

Ruby tornò in fretta con una sedia, e io vi crollai sopra con gratitudine. Cyril lanciò un'occhiataccia a mia sorella.

Forse aveva dato per scontato che avrebbe portato una sedia in più per lui, o magari voleva che se ne andasse, fatto sta che lei si piazzò accanto a me, sostenendo il suo sguardo senza alcun timore. Non ricordavo di essere mai stata così orgogliosa della mia sorellina.

«Signora Miller, può dirmi che cos'è successo?»

Mi schiarii la gola, costringendomi a non torcermi le dita, poi parlai nel modo più chiaro possibile, nonostante i nervi a fior di pelle. «Alice stava per annunciare i vincitori della fiera. Ha fatto il brindisi di rito, ha bevuto un po' di gin alle prugne ed è crollata a terra».

«È lei ad avere prodotto il gin alle prugne?»

Ebbi l'impressione che il mio cuore mancasse un battito, lasciandomi leggermente senza fiato. Cyril era giunto su due piedi alla mia stessa conclusione: Alice aveva bevuto il mio gin proprio prima di crollare a terra. Ero certa che non avesse nulla di sbagliato, anche perché nessun altro era stato male, ma questo non impediva a un senso di colpa opprimente di soffocarmi. «Sì, esatto».

Cyril accennò con il capo verso Alice. «Sembra un caso di avvelenamento».

«Non può essere!», esclamai, anche se era la conclusione più ovvia. «Forse aveva qualche problema di salute che ha provocato il collasso».

«Nessun altro si è sentito male», precisò Ruby. «Io stessa mi sono scolata tutto il bicchiere, perché il gin alle prugne di Martha è delizioso».

«La ringrazio, signorina Andrews». Cyril inarcò un sopracciglio nella sua direzione; sul suo volto florido non c'era alcun segno di gratitudine. «E anche gli altri hanno partecipato al brindisi?»

«Tutti quelli che sono riuscita a vedere», rispose lei.

«Allora qualcuno ha deliberatamente cercato di assassinare la signora Warren», annunciò Cyril.

«Non ha *cercato*». Rabbrividii, ricordando il volto di Alice. «C'è riuscito. È morta».

«Infatti». Cyril si dondolò all'indietro sui talloni. Il suo grande viso a forma di luna piena era rubicondo e sudato, sembrava davvero un pesce fuor d'acqua.

«C'è dell'altro?», tagliò corto Ruby. «Perché, in caso contrario, vorrei portare mia sorella a casa a prendere una tazza di tè caldo zuccherato. Ha avuto un terribile shock».

Cyril estrasse in tutta fretta il taccuino da una tasca dell'uniforme troppo stretta. Leccò l'estremità della matita prima di scarabocchiare a fatica alcune parole su un foglio. «È stata lei a portare le bottiglie di gin stamattina?»

Sperai che la mia espressione non tradisse la mia sorpresa, perché mi aveva posto una domanda intelligente. «In effetti, no. Le ho consegnate al pub all'inizio della settimana».

L'agente scrisse qualcos'altro prima di chiudere di scatto il taccuino. «Andrò a parlare con Joe».

Joe Noble era il proprietario del pub del villaggio, il Cricketer's Arms, e il padre di Florence, la ragazza che aveva distribuito i bicchieri.

«Non sarebbe meglio chiamare i rinforzi?», gli suggerì Ruby.

«Perché mai dovrei?», le chiese Cyril con un tono di voce più alto. Una goccia di sudore gli colò sul viso.

«Se la signora Warren è stata assassinata», Ruby parlò a bassa voce, «allora avrà di certo bisogno di aiuto. Ci sono troppe persone da interrogare».

«E lei trascorre molto tempo al Cricketer's Arms», aggiunsi, indicando la stretta cintura dell'uniforme di Cyril.

«Che cosa sta insinuando?». Cyril tirò fuori dalla tasca un fazzoletto più grigio che bianco e se lo passò sul viso.

«Soltanto che mi risulta che le indagini debbano essere imparziali». Ripetei la frase che uno dei poliziotti incaricati di condurre le indagini sulla scomparsa di Stan mi aveva detto l'anno scorso. A quanto pareva, era per questo che avevano spedito un detective di Scotland Yard a parlare con me. «Visto che lei vive qui e frequenta spesso il pub...».

«Forse dovrei chiamarmi fuori dalle indagini». Cyril parve pensieroso. «Telefonerò a Slough per chiedere consiglio».

Quando se ne fu andato, io tirai un lungo respiro di sollievo. «Pensavo che mi avrebbe arrestata».

Ruby scosse la testa disgustata. «Non ha fatto alcun progresso nell'identificare il vandalo dei giardini. Figuriamoci se è capace di assicurare alla giustizia un assassino».

«Cyril è un perfetto poliziotto di paese», concordai. «Finché i crimini sono di poco conto, va tutto bene, ma un omicidio è davvero troppo per lui».

Sebbene fossi felice che i pensieri di Ruby coincidessero con i miei, la cosa non mi era di grande conforto. Vivevamo in un piccolo villaggio del Berkshire, non nel centro di Londra. Gli atti di vandalismo e gli omicidi erano crimini che non avrei mai pensato potessero avvenire nel nostro tranquillo angolo d'Inghilterra. Mi ero sempre sentita al sicuro a Westleham. E adesso, quel conforto mi era stato strappato nel modo più terribile. Come potevamo riposare in pace, quando nel nostro villaggio non soltanto si nascondeva un vandalo, ma anche un assassino?

Chi mai avrebbe voluto uccidere Alice Warren? E perché?

La mia attenzione venne catturata da un gemito di angoscia emesso da Charles Warren. Come un fiume in piena che rompe gli argini, le sue emozioni erano chiaramente troppo forti per essere trattenute. «No, no, no!».

Lacrime calde mi rigarono le guance per il suo tremendo dolore. Non avevo mai visto quell'uomo manifestare dei sentimenti. Assomigliava molto a Stan, anche se mio marito era più basso; possedevano lo stesso sguardo arrogante. Anche Charles Warren non sorrideva né aveva mai mostrato alcun segno di sgomento, tranne che in quel momento, ovvio. Sembrava… no, era assolutamente devastato.

«Pover'uomo», mormorò Ruby. «Chi mai avrebbe pensato che amasse Alice a tal punto?»

Cercai di immaginare come avrebbe reagito Stan se fossi stata io a giacere morta sull'erba, e mi resi conto che sarebbe stato turbato solo dal fatto di doversi lavare i panni e prepararsi i pasti da solo. Forse era un po' ingiusto da parte mia, dal momento che alla sua scomparsa mi ero preoccupata delle bollette. Solo in seguito avevo pensato che gli potesse essere successo qualcosa. Di tanto in tanto, provavo un po' di malinconia nel vedere il letto vuoto accanto al mio nella stanza che condividevamo, ma di certo non avevo mai provato un'angoscia simile a quella di Charles. Che persona e moglie ero?

«Mi ricorda un po' il reverendo Gibbs», dissi, rammentando quando il vecchio vicario si era accasciato sul pavimento della chiesa nel bel mezzo del sermone. «Così drammatico e inaspettato».

«Ha avuto un infarto, no?», replicò Ruby con aria confusa. «Non crederai che ci siano delle similarità?»

«Forse è così anche per Alice». Mi strinsi nelle spalle. «È possibile».

Ruby non si espresse, ma era palese che ritenesse molto improbabile che la morte di Alice fosse avvenuta per cause naturali. «Resta qui, vado a prenderti una tazza di tè».

Dove altro sarei potuta andare? Non mi fidavo delle mie gambe incerte e, in qualche modo, mi sembrava scortese uscire dal tendone e lasciare Alice lì a terra.

Qualcuno portò un lenzuolo bianco e lo sistemò sulla figura immobile. Distolsi lo sguardo, ma non servì. Il suo volto che si contorceva grottescamente, mentre cercava di respirare, era ormai bene impresso nella mia mente. Il dottor Briggs aiutò Charles ad alzarsi. Singhiozzando in modo incontrollato, l'uomo permise al dottore di condurlo fuori dal tendone.

«Il medico vorrebbe sedarlo», annunciò Luke. Non mi ero accorta della sua presenza. «Sa, per lo shock».

«Ruby è andata a procurarmi una tazza di tè per placare il mio di shock», ribattei, pentendomi subito di non essere rimasta in silenzio. Charles Warren aveva perso la moglie. Il mio trauma non era neanche lontanamente paragonabile.

«Un'ottima idea». Luke tamburellò con le dita sullo schienale della mia sedia. «È molto pallida, signora Miller».

La mia carnagione non era priva di colore, come tutto il resto di me, soltanto per via del clima caldo dell'ultimo periodo e del fatto che trascorrevo la maggior parte della giornata fuori in giardino. Preferivo non pensare a come le lacrime dovevano avermi rovinato il viso e il trucco che Ruby aveva applicato con tanta dedizione. Senza dubbio avevo un aspetto terribile.

Non che avesse importanza. Luke era il vicario, e io ero una delle sue parrocchiane.

Forse se avessi pensato a lui semplicemente come al vicario, senza associare la sua professione al nome di battesimo, mi sarei ricordata che era fuori dalla mia portata, come lo erano le donne per i preti cattolici.

«Ci pensa il dottore ad accompagnare il signor Warren?»

«Sì. Sua moglie gli terrà compagnia, mentre lui tornerà ad attendere la polizia». Per la prima volta nella nostra breve conoscenza ebbi l'impressione che il vicario sembrasse incerto. «Mi ha chiesto di restare qui».

«Nel tendone?»

«Con il corpo», chiarì lui. «Ha detto che la polizia non vuole che venga spostato».

«Capisco». In effetti non era vero, non lo capivo. Avevo avuto a che fare con la polizia soltanto per via della scomparsa di Stan. Stavano prendendo sul serio la morte di Alice, trattandola come un omicidio? «Immagino che il dottore voglia assicurarsi che io non tocchi nulla».

Si accigliò. «Perché lo pensa?»

«Il mio gin alle prugne», mi limitai a ribadire. «Lei non conosce ancora questo villaggio, ma di sicuro le sarà giunta alle orecchie la voce secondo la quale avrei seppellito mio marito nel mio campo di patate».

Mi sorrise, prima di capire che dicevo sul serio. «In realtà, no».

«Sono sorpresa».

«Non lo ha fatto, vero?»

Gli scoccai un'occhiataccia. Lui sollevò un angolo della bocca in un mezzo sorriso per dimostrarmi che stava scherzando. Probabilmente, viste le circostanze, non avremmo dovuto condividere quel momento di leggerezza, ma era piacevole avere un breve istante di normalità. «No, non l'ho fatto, glielo assicuro».

«Le credo».

«Sul serio?»

«Sì, lei ha una faccia onesta, signora Miller».

Non aveva importanza se la sua ragione era superficiale. Era così bello che una persona che non fosse Ruby credesse in me. Soprattutto se la persona in questione era tanto gentile quanto attraente. «Non crederà mica di potere giudicare l'onestà di qualcuno semplicemente guardandolo in faccia?»

«Sono molto bravo a riconoscere i bugiardi». Un'affermazione piuttosto vanagloriosa, anche se non sembrava tale provenendo da lui.

Ruby mi porse un'orrenda tazza da tè verde con piattino abbinato. Di gran lunga la porcellana più brutta che avessi mai visto. «Oh, Ruby, sei un tesoro. Grazie».

«Gradisce una tazza di tè, vicario?», domandò mia sorella.

Luke infilò una mano in tasca, estrasse alcune monete e le porse a Ruby. «Le sarei molto grato se me la portasse, signorina Andrews. Il dottore ha insistito affinché rimanga qui nel tendone, altrimenti le avrei suggerito di restare con sua sorella, mentre andavo a servirmi da solo».

Ruby guardò i soldi che le aveva messo in mano. «Quante tazze di tè desidera? Mi ha dato abbastanza soldi per offrire una tazza di tè a metà villaggio».

Luke si sporse in avanti come se avesse intenzione di rivelarle un grande segreto. «La cucina della mia governante lascia molto a desiderare. Se non le è di troppo disturbo, potrebbe prendermi anche dei panini? E magari dei biscotti».

«La signora Jennings fa un favoloso pan di Spagna. Nell'impasto ci mette la sua marmellata di fragole fatta in casa. Gliene porto una fetta, se ce n'è ancora?»

«Due sarebbero davvero gradite».

Ruby ridacchiò. «Vicario! È forse goloso di dolci?»

«Temo di sì», ammise lui. «Ora crede che i soldi siano adeguati?»

«Sono certa di tornare con un po' di resto».

Ruby si affrettò in direzione delle bancarelle sul prato all'esterno del tendone, e Luke si voltò verso di me. «Mi auguro che abbia voglia di condividere con me un po' del cibo che sua sorella mi porterà».

«Non credo di essere in grado di mandare giù nulla». Mi posai una mano sullo stomaco. «Il solo pensiero mi fa venire la nausea. Povera signora Warren».

«Beva il tè», mi ordinò. «Se riprende un po' di colorito, le prometto che non insisterò. In caso contrario, sarà costretta a mandare giù qualcosa».

Annuii come un bambino obbediente alla madre. Mi piaceva l'idea che qualcuno si preoccupasse per il mio benessere, anche se lo faceva soltanto perché era il suo mestiere. Un vicario aveva il dovere di prendersi cura di tutti i suoi parrocchiani... anche di quelli che rischiavano di essere arrestati nel momento in cui la vera polizia fosse giunta da Slough.

«Eccola!». Spaventata dall'improvvisa durezza di una voce femminile, rovesciai il tè sul piattino. Fissai per un attimo il liquido brodoso, prima di alzare lo sguardo e vedere Elsie Harrington marciare verso di me con le sue scarpe eleganti. «Voglio sperare che non creda di essere la nuova presidentessa del comitato del villaggio, ora che la signora Warren è morta».

Mi trattenni dal farle notare che il regolamento del comitato del villaggio di Westleham contemplava proprio lo scenario da lei appena illustrato. Da quando il precedente vicario si era accasciato a terra nel bel mezzo del sermone, Elsie aveva preso l'abitudine di inserirsi negli eventi più sconvolgenti di Westleham, quindi non la presi sul personale. Dopo avere osservato con attenzione la sagoma dell'ex presidentessa ricoperta dal lenzuolo, mi preparai ad affrontare con calma lo sguardo severo della mia interlocutrice. «A essere sincera, signora Harrington, mi sento piuttosto a disagio a discutere di un simile argomento in questo frangente».

«Non serve a niente fingere di essere migliore di quello che è», sibilò.

Luke si spostò dal mio fianco per appoggiare una mano sul braccio della signora Harrington. «Forse dovremmo lasciare sedimentare l'accaduto e riprendere il controllo delle nostre normali emozioni».

«Io ho già il pieno controllo delle mie emozioni, grazie, vicario», sbottò Elsie. «Questa donna è una vera minaccia per il villaggio».

Mi sbagliavo. Il suo era un deliberato attacco personale. Ignoravo che cosa l'avesse resa così velenosa nei miei confronti. «Non credo che questo sia il momento giusto per...».

«È il momento giusto per dire la mia», replicò, puntandomi l'indice a pochi millimetri dalla punta del naso. «Le deve essere chiaro che questo villaggio non ha più intenzione di tollerare le sue macchinazioni».

«Macchinazioni?», ripeté Luke con voce sconcertata.

«Lei è nuovo qui. Non può essere pienamente consapevole del suo inganno». Pur rivolgendosi a Luke, Elsie non aveva distolto lo sguardo da me, come se fossi una versione moderna di Mary Ann Cotton. Lacrime di umiliazione mi pizzicarono gli occhi, mentre fissavo risoluta il suolo.

«A quanto ne so, la signora Miller non è stata accusata di alcun reato», affermò Luke con calma. Feci appello a tutta la mia autodisciplina per mantenere lo sguardo sulle brutte scarpe di Elsie e non sorridere di gratitudine a Luke.

«Mi dispiace constatare che è già stato irretito, vicario». Elsie scosse la testa come se avesse ricevuto una notizia particolarmente devastante. «Speriamo che non ne vada della sua vita, com'è accaduto all'ultimo uomo che ha intrappolato».

Mi venne voglia di ridere. Era tutto così surreale. A Elsie non importava la verità, ma io morivo dalla voglia di urlarle che non avevo fatto un bel niente per sedurre Stan. C'eravamo conosciuti al matrimonio di un lontano cugino. Lui era celibe, e io ero nubile. La guerra in Europa era alle porte, e l'incertezza ci aveva resi desiderosi di aggrapparci a un po' di normalità.

Di certo non avevo incantato Stan con il mio splendido aspetto, la mia personalità frizzante o i miei fianchi perfetti per dare alla luce dei bambini. Non mi addolorava più ammettere che ero piuttosto banale, estremamente noiosa per la maggior parte delle persone, e che il mio aspetto era più simile a quello di un ragazzino che non a quello di una donna fatta per dare al marito tutti i figli che lui desiderava.

Elsie Harrington, invece, era il ritratto della perfetta consorte di un uomo d'affari. Aveva un visino gradevole, quando ovviamente non sputava vetriolo nella mia direzione. Il che era strano, in effetti. Non l'avevo mai vista comportarsi in quel modo. Inoltre, Elsie era bravissima a organizzare e a prendere parte alle opere di bene. Faceva volontariato in tutti i comitati attivi nel raggio di un chilometro e mezzo da Westleham. Infine, aveva una famiglia perfetta, composta da due maschi e due femmine. In breve, lei era tutto ciò che io non ero.

Ruby rientrò nel tendone con un vassoio bello carico. «Eccomi qui, vicario».

«Lei è un angelo. La ringrazio molto, signorina Andrews».

Elsie spostò lo sguardo tra me e Luke, per poi posarlo su Ruby. «Allora è così che stanno le cose?».

Luke, che stava per afferrare un panino, abbassò di nuovo il braccio lungo il fianco. «Le chiedo perdono, signora Harrington, ma mi sono perso».

«Mescolarsi con queste... *sgualdrine* è un terribile passo falso da parte sua. Il vescovo verrà informato, può starne certo».

«Che cosa sta succedendo qui?». Ernest Harrington sopraggiunse cingendo le spalle della moglie con un braccio. «Sembri piuttosto agitata, mia cara».

«Oh, tu non capiresti. Sei proprio come lui».

«Tesoro», provò di nuovo, «che cosa ti ha causato una simile angoscia?».

«Quella donna...». Elsie puntò di nuovo l'indice contro di me. «Ha avvelenato Alice e ora ha messo gli artigli sul vicario. Il prossimo a morire sarà lui, proprio come suo marito e la povera Alice».

Aprii la bocca per respingere le perfide accuse di Elsie. L'ultima cosa di cui avevo bisogno era che le poche persone che pensavano che non avessi assassinato mio marito si convincessero del contrario. Nel villaggio all'antica in cui vivevo, faticavo già abbastanza a farmi rispettare in quanto donna "nubile"; non avevo bisogno che la gente iniziasse a credere che mi ero procurata il mio status.

Non osai guardare il vicario, temendo la sua reazione alla filippica di Elsie. Nell'ultima ora o giù di lì, mi ero convinta che saremmo potuti diventare amici, e Dio solo sapeva quanti pochi ne avessi in paese. Mi dispiaceva pensare che Elsie e le sue folli idee potessero mettere fine al nostro rapporto ancora prima che sbocciasse.

«Vi prego di perdonare mia moglie», disse Ernest con dolcezza. «Non è in sé di recente. Scusateci».

Elsie mi fissò per un lungo istante. «Ernest, devi fare qualcosa!».

«Vieni, cara», replicò lui, con quel tono a cui di solito gli adulti ricorrono per spiegare le cose ai bambini molto piccoli.

Elsie si mise a singhiozzare in modo rumoroso, mentre il marito la conduceva fuori dal tendone.

Ruby posò il vassoio sull'erba accanto alla mia sedia e sollevò il piatto pieno di panini. «Si sbrighi, vicario. È meglio che mangi subito qualcosa prima che arrivi il prossimo pazzo del villaggio a rovinarle l'appetito».

«Ruby!», l'ammonii. «Non è una cosa gentile da dire».

«Sarà», dichiarò lei, «ma è la verità. È evidente che quella donna ha perso il senno. Blatera parole senza senso».

Non potevo non essere d'accordo con la valutazione di Ruby, ma di solito Elsie non si comportava così. In genere era una donna molto equilibrata. Stava accadendo qualcosa di strano nel villaggio di Westleham, e io mi ci trovavo proprio in mezzo.

4

«Ah, signora Miller, eccola qui». Margaret Leaming si diresse con decisione verso di me e io mi preparai ad altri insulti. Luke guardò con dispiacere il suo panino al paté di pesce.

A quanto pareva, era destinato a rimanere affamato se intendeva restare al mio fianco a proteggermi da chi nel villaggio malignava sulla mia persona.

«Signora Leaming». Il mio saluto suonò forzato anche alle mie stesse orecchie.

Questa incrociò le braccia sul suo abito di tweed, decisamente troppo pesante per il bel tempo estivo. Il gesto mise in risalto il suo ampio seno e, allo stesso tempo, la fece sembrare una rigida governante vittoriana.

«Povero tesoro, deve essere terrorizzata».

Colta di sorpresa, alzai lo sguardo per incrociare gli occhi azzurri di Margaret, pieni di preoccupazione. «Mi aspettavo dicesse che è tutta colpa mia».

«Santo cielo! Perché mai avrei dovuto dire una cosa del genere?»

«Be', è quel che hanno fatto tutti gli altri», dissi tetra. La mia era una lieve esagerazione. Solo Elsie mi aveva apertamente accusata, ma non ero una sprovveduta. Ogni volta che qualcuno sbirciava dentro il tendone e mi vedeva, era palese che la pensasse proprio come Elsie. Era scritto sul suo volto e trapelava dal suo sguardo accusatorio.

«Tutti gli altri?». Margaret inarcò un sopracciglio. «Ne dubito».

«Un panino, signora Leaming?». Ruby sollevò il piatto per porgerlo alla segretaria del comitato. «O forse gradisce una fetta di torta?»

«Ho una gran voglia di torta», rispose Margaret. «È il pan di Spagna della signora Jennings? Io non riuscirò mai a farne uno leggero come il suo».

«Prego». Ruby prese l'altro piatto dal vassoio e passò alla signora Leaming un tovagliolo.

Margaret diede un morso alla torta ed emise un suono di pura gioia. «Santo cielo, è buonissimo».

Non potei fare a meno di ammirare Margaret. Non sarei mai stata in grado di pronunciare una sola parola con la bocca così piena, figuriamoci una frase coerente. Inoltre, si era preoccupata per me e si era dimostrata amichevole, cosa che avevo apprezzato. Avevamo parlato molte volte alle riunioni del comitato e quando ci vedevamo in paese, ma non eravamo mai state grandi amiche. Il fatto che avesse compiuto un tale sforzo per cercarmi mi fece sperare che non tutti la pensassero come Ada ed Elsie.

«Quindi lei non è convinta che mia sorella abbia avvelenato la signora Warren?», si informò Ruby.

«L'ho vista bere il gin alle prugne», dichiarò Margaret prima di infilarsi in bocca l'ultimo pezzo di torta. Si tamponò le labbra con il tovagliolo in modo molto signorile, in netto contrasto con la maniera in cui aveva divorato la torta, quindi ingoiò il boccone. «Perché mai la signora Miller avrebbe messo del veleno nel gin per poi berlo a sua volta?»

«È esattamente quello che ho detto io», intervenne Luke.

«Grazie al cielo è ancora dotato del buon senso con cui è nato, vicario». Margaret scosse la testa. «Sembra che alcuni abitanti di questo villaggio abbiano lasciato il loro nella culla».

«Ammesso che lo abbiano mai posseduto», commentò ironica Ruby.

«Ben detto». Margaret guardò Ruby con ammirazione. «Che giovane assennata che sei. Prima di oggi, pensavo che fossi tutta rossetto rosso e testa vuota».

«Sono molto felice che si sia ricreduta». Ruby rise. «Il problema però è: come facciamo a fare cambiare idea agli altri su mia sorella?».

Avvertii tre paia di occhi puntati su di me. Sorseggiai il mio tè tiepido, mentre riflettevo prima di parlare. «A me non viene in mente niente che possa mutare le convinzioni della gente su ciò che è successo».

«Ma bisogna fare qualcosa!», esclamò Margaret in tono accorato. «Non può tornarsene al suo cottage e continuare a essere il topolino tranquillo che è di solito. Deve farsi valere, signora Miller».

«Non è quel che ti ripeto sempre?», si lamentò Ruby. «Non dovresti lasciare che le persone si approfittino di te, Martha. Sei troppo gentile».

«Al di là di pubblicare un annuncio sul giornale per ribadire che Stan non è sepolto nel mio campo di patate, non so che altro potrei fare. La gente qui crede a ciò che vuole credere». La maggior parte degli abitanti del villaggio aveva smesso di fidarsi di me dopo la scomparsa di mio marito, e la situazione sarebbe ulteriormente peggiorata ora che il mio gin poteva essere collegato alla morte di Alice.

«Forse, quando il raccolto sarà pronto, potrebbe organizzare un evento a casa sua», suggerì Margaret.

«Un evento? Non la seguo».

«Faccia venire tutti con una vanga. Che scavino il campo di patate. Se troveranno un cadavere, potranno tenersi le patate e denunciarla alla polizia. Altrimenti, dovranno consegnarle tutte le patate che hanno raccolto».

Dopo avere visto Alice morire in quel modo orribile, l'idea di Margaret mi sembrò la cosa più divertente che avessi sentito da tanto tempo. Ridemmo tutti e quattro insieme, finché non mi venne una fitta al fianco.

«Oh, signora Leaming», ansimò Ruby tra una risatina e l'altra. «È un piano davvero geniale».

Un uomo incredibilmente bello in abito elegante entrò nel tendone, seguito da Cyril Bottomley, che mi indicò. «Quella è la signora Miller».

Mi sforzai di assumere un'espressione contrita, o perlomeno una che non desse l'impressione che mi stessi divertendo con i miei amici, mentre una donna giaceva morta a meno di tre metri da noi.

«Buongiorno, signora Miller». Lo sconosciuto sollevò il copricapo nero per scoprire i folti capelli biondi che si arricciavano sul colletto. Mi esaminò con i suoi intelligenti occhi verdi, e il mio cuore si fermò. Un attimo prima che riaprisse la bocca per parlare, seppi esattamente chi era. «Sono l'ispettore Robertson. Sono qui per indagare sulla morte sospetta della signora Alice Warren».

Ovvio.

«Forse potremmo andare a parlare in un posto un po' più riservato?», suggerì Luke.

Il detective lo studiò, prestando particolare attenzione al collare bianco che indicava la sua professione. «Lei è il signor Miller?».

Luke tossì goffamente. «No, affatto. Mi chiamo Luke Walker. Sono il vicario».

«Capisco». Il detective spostò lo sguardo da me a Luke, per poi puntarlo su Ruby. «E lei è…».

«Ruby Andrews, la sorella di Martha. Vivo con lei».

«Molto bene. Vi interrogherò a casa vostra». L'ispettore si voltò verso Cyril, che se ne stava in piedi al suo fianco ed evitava di guardare verso Alice. «Lei resterà qui con il vicario fino al ritorno del medico. A quel punto, vicario, sarà libero di andare a casa».

«D'accordo». Luke mi gettò un'occhiata. «Mi troverà in canonica».

«La ringrazio, vicario», dissi. «È stato molto gentile».

«Ordinaria amministrazione», replicò prima di arrossire. «A parte l'omicidio, chiaro. Quello non rientra nella normale giornata di lavoro di nessuno».

«Tranne la mia», precisò asciutto il detective. Dalla sua espressione era chiaro che ci riteneva gli idioti del villaggio. Purtroppo, devo ammettere che era proprio così che ci stavamo comportando.

«Domani passerò a trovarla», mi informò Margaret, mentre mi alzavo in piedi. «Discuteremo delle questioni in sospeso del comitato».

Anche se mi aveva fatto bene ridere, uno sfogo necessario dopo lo shock di avere visto Alice morire, desiderai che Margaret non avesse detto niente, perché ora il detective era convinto che ce ne stessimo a mangiare dolci e a parlare del comitato con Alice morta lì vicino.

Potevo sembrare più colpevole ai suoi occhi?

Io e Ruby ci incamminammo insieme verso casa, con il detective che ci seguiva. Aprii la porta, e Lizzie si precipitò ad accoglierci. Appoggiai un ginocchio a terra per abbracciarla. «Ciao, piccola. Ti sono mancata?»

«Lizzie è la migliore amica di Martha», spiegò Ruby al nostro ospite.

«Fa' accomodare il detective in salotto, Ruby», le ordinai, levandomi le scarpe con i tacchi con un calcio e infilando i piedi nelle pantofole. Cercai disperatamente di non sospirare per il sollievo di essermi liberata di quegli oggetti di tortura. «Preparo del tè e vi raggiungo».

«Vengo ad aiutarti», disse Ruby con entusiasmo.

Non era un compito che richiedeva l'intervento di due

persone, e Ruby di solito non si offriva mai di darmi una mano in cucina, ma non trovai una scusa plausibile per trattenerla in salotto senza farci sembrare ancora più strane agli occhi del detective. Gli indicai la porta chiusa sulla sinistra dello stretto corridoio. «Il salotto è di là. Prego, si metta comodo».

Lizzie ci seguì in cucina trotterellando. Scossi il bollitore per assicurarmi che ci fosse abbastanza acqua, poi lo misi sul fornello. «Perché gli hai detto che Lizzie è la mia migliore amica?».

Ruby scrollò le spalle, quindi si lasciò cadere su una delle sedie della cucina. «Lo è. L'hai salutata con così tanto calore che mi sono sentita in dovere di dire qualcosa per giustificare il tuo comportamento».

«Cosa c'era di sbagliato nel mio comportamento?», mi accigliai, mentre prendevo il grande vassoio e lo appoggiavo sul tavolo.

«Stavamo ridendo nel tendone, poi sei tornata a casa e ti sei inginocchiata sulla soglia a salutare il tuo cane. Il detective non ti ha vista piangere né ha visto che eri angosciata per quello che è successo alla sfortunata signora Warren. Non volevo che ti ritenesse fredda e senza cuore, capace di mostrare affetto solo a un animale».

Sbattei le palpebre, stupita che qualcuno potesse giudicare il mio saluto a Lizzie tutt'altro che normale. Poi le parole di Ruby si sedimentarono lentamente in me. «Grazie».

Era così che la gente mi vedeva? Per questo era così ansiosa di saltare alla conclusione che ero stata io a fare scomparire Stan? Forse, se mi percepiva come una donna priva di emozioni il cui unico vero amico era un cane, era più facile credere alle malignità sul mio conto. Desiderai chiedere a Ruby se era così che mi vedeva, ma temetti la sua risposta.

Prese una bottiglia di latte dal frigorifero e ne versò un po' nella brocca più piccola, che avevo posizionato al centro del vassoio. «Sai che farei qualsiasi cosa per te, vero, Martha?».

Spalancai la bocca per la sorpresa. Non avevamo mai parlato dei nostri sentimenti. Avrei voluto ricambiare la sua dichiarazione segno d'affetto, ma le parole mi morirono in gola. «Vorrei avere una bella torta da offrire al detective».

«Non tutti sanno cucinare», affermò Ruby. «Così come non tutti sanno coltivare le verdure bene come te».

«Forse dovrei mettere qualche carota nel piatto al posto della torta».

Ruby scoppiò a ridere forte. «Oh, Martha!».

«Sssh», l'ammonii, mentre cercavo di trattenermi dal ridacchiare, «o ci sentirà».

Ruby fece un respiro profondo. «Così va meglio».

Mi fissò, e non appena i nostri sguardi si incrociarono, scoppiammo di nuovo a ridere.

«Penserà che siamo delle pazze e che non ci importa della povera Alice».

«Saranno i nervi», suggerì Ruby, mentre si calmava. «Mi dispiace molto per la signora Warren, ma soprattutto sono felice che non sia stata tu a cadere a terra morta».

Avrei voluto dire qualcosa, ma non mi vennero in mente le giuste parole che trasmettessero la mia gratitudine per il fatto che eravamo entrambe illese.

Ruby fece il giro del tavolo, mi prese una mano e la strinse per un attimo. Poi tutte e due distogliemmo lo sguardo con la medesima espressione di imbarazzo. «Pensi che l'acqua sia calda?».

Qualche minuto più tardi, facemmo il nostro ingresso nel piccolo salotto. Stan e io non avevamo molte cose belle, ma ero molto orgogliosa della stanza migliore del cottage.

«Eccoci qua», dissi inutilmente, mentre appoggiavo il vassoio sul tavolino basso di fronte al divano verde a righe, dove si era accomodato il detective. Ruby si appollaiò proprio di fronte a lui, lasciandomi la poltrona vicino alla finestra, dove di solito trascorrevo le mie serate. «Verso?»

«Sì, grazie, signora Miller».

«Latte?»

«Sì, e due cucchiaini di zucchero, per favore».

La cortesia dei nostri toni era soffocante. Gli versai rapida il tè e gli porsi un piattino, poi preparai in fretta una tazza per me e Ruby. Pregai in silenzio di non lasciarmi sfuggire qualche frase a sproposito, che avrebbe potuto fare pensare al detective che fossi coinvolta nella morte di Alice. L'ultima cosa di cui avevo bisogno era cacciarmi in un guaio più grande di quello in cui già mi trovavo.

«Cominciamo dall'inizio», disse l'ispettore con i suoi occhi verdi, che non mi perdevano mai di vista. Il suo puntuale esame mi tolse il fiato. «Mi racconti quello che ha fatto oggi».

«Abbiamo fatto colazione», esordii. «Ruby mi ha acconciato i capelli e mi ha truccata».

«Siete andate insieme alla fiera del villaggio?»

«Oh no», risposi. «Io sono uscita di casa molto prima di Ruby. Dovevo essere lì presto per aiutare la signora Warren… cioè Alice… la defunta… a sistemare le cose».

Dopo avere balbettato in modo ridicolo, tacqui. Perché non mi ero soltanto limitata a pronunciare il suo nome? Sapevamo tutti che era morta. Apparivo fredda, insensibile e troppo pratica, proprio come Ruby aveva detto che mi ero comportata dall'arrivo del detective. Il fatto che avessi trascorso molto tempo con Alice poco prima della sua morte probabilmente non mi faceva apparire innocente.

«Capisco». L'uomo mescolò il suo tè. «Ha notato qualcosa di insolito nella signora Warren stamattina?»

«Niente di niente», sbottai. «Era metodica come sempre».

«Non le è parsa preoccupata o spaventata?»

«No», risposi, desiderando poter mentire e accusare qualcun altro. «L'ho trovata abbastanza normale».

«Mi illustri quello che è accaduto dopo. Avete sistemato tutto, e poi?»

«C'eravamo assegnate dei compiti diversi durante la fiera, perciò ho rivisto la signora Warren soltanto poco prima dell'annuncio dei premi».

«Che doveva avvenire nel tendone?»

«Esatto».

«E di quali compiti si è occupata durante la fiera?»

«Era mia responsabilità assicurarmi che i banchi avessero tutto ciò di cui avevano bisogno... spiccioli per il resto ai clienti, una penna per annotare i prezzi, questo genere di cose».

«E la signora Warren?»

«Ha accompagnato i giudici in giro per il tendone in modo che potessero osservare i prodotti e decidere quali premiare».

Tirò fuori un taccuino. «Chi erano i giudici?»

«Lord e lady Chesden, vivono nella villa. E poi il deputato Rupert Gosford».

«Parlerò con loro». Scrisse qualcosa, poi appoggiò la penna accanto al piattino sul tavolo. «Dove si trova questa villa?»

«Deve svoltare a sinistra dopo la fattoria di Bennington, poi proseguire lungo la strada per un paio di chilometri. Non può sbagliare».

«Lei non è entrata neanche una volta nel tendone?»

«Non ne avevo motivo». Non era esattamente quello che mi aveva chiesto. Tacqui, mentre cercavo di ricordare se per caso vi ero entrata. Se qualcuno mi aveva vista, non potevo dire di no o sarei sembrata colpevole.

«Ma è entrata sì o no?»

«Non ricordo», mi affrettai a rispondere. Ero convinta che, se non avessi risposto subito, il detective avrebbe potuto pensare che mi stessi inventando una bugia.

Mi fissò, poi piegò la testa per scrivere sul suo taccuino. Non avevo fatto nulla di male, eppure mi sentivo in colpa. Un fastidioso calore mi si diffuse nel petto e si propagò rapido verso l'alto, fino a scaldarmi il viso.

Non era dovuto soltanto al fatto che temevo che il mio gin fosse coinvolto nella morte di Alice. A causarlo era anche il modo in cui ero stata trattata da Ada ed Elsie. La mia colpevolezza aumentava a ogni accusa mossa contro di me.

«Mi dispiace», disse, «ma devo chiederle della morte della signora Warren».

Aveva un'aria sinceramente amareggiata, come se non gli piacesse avermi posto quella domanda. Di solito gli inglesi chiedono scusa senza essere davvero dispiaciuti. Si scusano per tutto, quando urtano qualcuno o per il tempo. Eppure, io avevo la sensazione che il detective fosse davvero riluttante.

«Certo, ispettore». Mi allungai a prendere il piattino, ma le mie mani tremarono così tanto che le strinsi in grembo. «Ha bevuto un sorso dal suo bicchiere e subito dopo si è accasciata a terra stringendosi la gola».

«Dopo quanto tempo di preciso?»

«Be'...». Riflettei per un attimo. «Subito, a dire il vero. Florence Noble, la figlia del proprietario del pub, stava distribuendo le bevande. Ho visto la sua espressione di orrore, così mi sono girata verso la signora Warren».

«Quando si è voltata verso la signora Warren, era già crollata a terra?»

«No. Forse non è stato proprio istantaneo, ma è successo tutto molto in fretta. Ho provato a sorreggerla in qualche modo, ma non ho potuto fare altro che accasciarmi con lei». Le parole mi erano uscite di bocca così in fretta da lasciarmi senza fiato. Venni scossa da un brivido, mentre ricordavo gli eventi. Per anni avevo vissuto nell'incertezza della guerra, ma quel giorno avevo assistito alla morte di una persona per la prima volta. Conoscevo bene Alice e mi piaceva, il che rendeva l'intera esperienza molto più difficile.

«Ha detto che si è stretta la gola?»

«Sì», risposi, chiudendo gli occhi. Anche se, naturalmente, non servì a bloccare le terribili immagini che continuarono a vorticarmi nella mente. «Come se non riuscisse a respirare. Il suo viso ha assunto un colore orribile».

«Come la carne in scatola», precisò Ruby. «Era screziato, tutto rosa e viola. È stato davvero sconvolgente per mia sorella».

«E poi?»

«Il medico è sopraggiunto nel giro di un minuto o poco più, ma a quel punto la signora Warren era già morta».

«Le viene in mente qualcuno che avrebbe potuto desiderare fare del male alla signora Warren?»

Non mi era nemmeno passato per la testa. Ero così spaventata dal fatto che, come ultima cosa, Alice avesse bevuto il mio gin alle prugne, che non mi ero soffermata a ponderare se esisteva qualcuno che avrebbe potuto desiderare la sua morte. «Alice e suo marito erano una coppia tranquilla. Erano benvoluti da tutti in paese. Non riesco a pensare a una sola persona che volesse farle del male, figuriamoci ucciderla».

«Dove posso trovare Florence Noble?»

«Vive con il padre nel pub del villaggio, il Cricketer's Arms. Non penserà mica che c'entri qualcosa con tutto questo? È solo una ragazza».

«Potrebbe avere visto qualcosa di utile per le indagini». L'ispettore chiuse il taccuino, finì il tè e si alzò in piedi. «Grazie mille, signore. Tornerò a trovarvi, se mi verranno in mente altre domande».

Più tardi, quella stessa sera, Ruby e io cenammo in tutta tranquillità, poi ci sedemmo insieme in salotto con il dolce sottofondo della radio.

«Immagino non ne vorrai parlare», esordì Ruby, «ma dobbiamo farlo».

Sospirai. «Non saprei che altro aggiungere sull'argomento».

«Domani andrai in chiesa?»

«Certo», risposi. «Perché non dovrei?».

Ruby si esaminò le unghie. «Pensi che sia una buona idea? Sono certa che la signora Harrington avrà parlato con chiunque si sia dimostrato disposto ad ascoltarla, senza contare la signora Garrett».

«Non permetterò a due prepotenti di impedirmi di pregare». La determinazione a non farmi intimidire rese la mia voce più dura del normale.

«Secondo me, invece, dovresti».

«Ruby Andrews!». Mia sorella si rifiutò di alzare lo sguardo per incrociare il mio. «Farebbe di me una vigliacca».

«Ma ti terrebbe anche al sicuro». Il suo labbro inferiore tremò in modo così lieve che pensai di essermelo immaginato. Poi sollevò gli occhi, e mi fu impossibile fraintendere la sua espressione. «Non lo sopporterei se ti succedesse qualcosa, Martha».

Sfregai le ciabatte sul tappeto. Ruby stava per mettersi a piangere. L'ultima volta che l'avevo vista in lacrime, uno dei nostri fratelli le aveva sottratto la sua bambola preferita per poi agitarla sopra il gabinetto esterno e minacciare di gettarcela.

«Andrà tutto bene, Ruby. Non preoccuparti».

«Come fai a dirlo?». Il suo volto si infiammò e la sua voce salì di un'ottava. «Alice è morta. E se fossi tu la prossima?».

Avrei voluto dirle di non essere così melodrammatica, ma non trovai un modo che non sembrasse crudele. «Se, come sospettiamo, qualcuno ha avvelenato il mio gin per uccidere Alice, allora sono al sicuro».

Ruby mi fissò dubbiosa. «Perché?»

«Be', per il vero assassino sarebbe piuttosto sconveniente se il principale sospettato morisse».

Ruby annuì lentamente. «Capisco. Sì, hai ragione. Non pensi che potrebbe essere stato un incidente?»

«Non riesco a immaginare come qualcuno abbia potuto avvelenare accidentalmente una bottiglia del mio gin». Scrollai le spalle. «Suppongo che le persone maneggino con cura le sostanze letali».

Un colpo sommesso alla porta fece sollevare a Lizzie la testa dal pavimento. Io e Ruby ci voltammo verso l'ingresso, poi ci guardammo.

«Meglio andare a vedere».

«Sì», concordò Ruby, inspirando a fondo in modo incerto. Poi scacciò via le lacrime che le si stavano accumulando negli occhi.

Mi alzai e andai alla porta. Sbirciai attraverso lo spiraglio, lasciando la catena al suo posto.

«Signora Miller? Posso entrare un momento?»

Chiusi la porta per togliere il catenaccio con dita tremanti. Mi presi un momento per ricompormi prima di spalancare l'uscio. «Certo, vicario».

Luke mi seguì in salotto. Ruby scattò in piedi. «Metto su il bollitore».

«Sua sorella sta bene?», mi chiese, quando Ruby sparì in cucina. «Sembra turbata».

«È stata una giornata lunga». Distesi un braccio per indicargli il divano su cui si era seduto il detective quel pomeriggio. «Prego, si accomodi».

Lo reputai un gesto gentile da parte del vicario farmi visita, peccato però che avesse interrotto la chiacchierata con mia sorella. Mi sarei alzata per confortarla, se non avesse bussato? O sarei rimasta sulla sedia a rimproverarmi di non essermi mossa e a sentirmi a disagio per la sua dimostrazione di affetto? Mi piaceva pensare che avrei optato per la prima ipotesi, ma allora perché me ne stavo seduta a sorridere in modo imbarazzante al vicario, invece di andare in cucina a vedere come stava Ruby?

«L'ispettore Robertson è passato da me prima di lasciare il villaggio», mi informò Luke.

«Pensa che abbia una pista?».

Il vicario pareva agitato. «A quanto pare non ha scoperto nulla di nuovo».

«Il che significa che sono ancora l'unica sospettata, se è stato assodato che la morte di Alice non è stata un incidente».

«Temo che il detective lo ritenga altamente improbabile».

Annuii perché era esattamente quello che avevo detto a Ruby. Tuttavia, sentire che l'ispettore era dello stesso avviso mi fece cedere le gambe. Ero come intrappolata in un incubo ricorrente, con l'aggravante che il risveglio non avrebbe portato con sé alcuna tregua.

«Eccomi qua!», annunciò Ruby, con un tono eccessivamente acuto, quando entrò nel piccolo salotto. «Beviamo un po' di tè».

Il rimedio per eccellenza a tutti i mali, una buona e forte tazza di tè zuccherato, era l'ultima cosa di cui avevo voglia in quel momento. Avevo già litri di quella roba che mi frullavano nervosi nello stomaco.

«Ottimo. Grazie, Ruby». Sorrisi a mia sorella.

«Glielo verso?», domandò lei al vicario in tono allegro.

«Sì, molto gentile».

Sembrava che stessimo mettendo in scena uno di quei radiodrammi serali che a volte ascoltavo: tanta finta cortesia, battute pronunciate con pochissimo sentimento e nessun legame personale.

«Temo di essere portatore di cattive notizie». Il vicario si accigliò, mentre Ruby gli porgeva il tè. «Volevo che ne fosse subito informata».

«Certo», mormorai. «Ma come può esserci notizia peggiore di quanto è accaduto oggi?»

«Lo dirò chiaro e tondo», fece cupo. «La signora Harrington ha insistito che il detective riaprisse il caso della scomparsa di suo marito. A quanto pare, il marito conosce delle persone influenti e farà pressione sulla polizia finché non otterrà ciò che vuole».

«Che cosa ridicola», commentò Ruby indignata. «Perché non ti lasciano in pace? Chi mai farebbe fuori il proprio marito per poi vivere nell'indigenza?»

Aprii la bocca per ribattere all'affermazione di Ruby, ma la richiusi quasi subito. Aveva ragione. La scomparsa di Stan mi aveva lasciata senza un soldo. «Tutti in paese conoscono la mia situazione finanziaria. Il signor Harrington dovrebbe impedire alla moglie di diffondere simili malignità».

«Ignoravo che la sua situazione fosse così difficile. C'è qualcosa che la Chiesa può fare per offrirle assistenza?»

«La ringrazio, vicario, ma no». Sorrisi a Ruby. «Ora che mia sorella vive con me, ce la caviamo abbastanza bene».

Ruby esaminò con attenzione la vestaglia e le vecchie pantofole che avevo indossato dopo che il detective se n'era andato. Nulla nel mio aspetto né in quello della casa faceva supporre che ce la stessimo cavando abbastanza bene.

«E c'è qualcosa che posso fare personalmente?», chiese con aria seria, come se gli importasse per davvero e non solo perché faceva parte del suo lavoro.

Avevo trascorso il pomeriggio a rimuginare su una piccola idea, e le ultime notizie mi avevano convinto a mettere in atto il mio piano. «Sì, vicario, in effetti c'è».

«Sarei lieto di aiutarla».

«Forse cambierà opinione dopo che avrà sentito quello che ho da dire». Risi nervosamente pensando alla sua reazione. «Vorrei che mi aiutasse a scoprire chi ha ucciso la signora Warren».

Luke bevve un sorso del suo tè senza distogliere lo sguardo dal mio viso. Deglutì e poi annuì. «Ne sarei felice».

«Davvero?», chiesi incredula, stupita che avesse accettato con tanta facilità. Io avevo urgenza di risolvere l'assassinio di Alice, il nuovo vicario no.

«Non so nulla di indagini, ma mi farebbe piacere aiutarla a ripulire il suo nome. Ritiene che svelare l'assassino della signora Warren l'aiuterà in tal senso?»

«Credo proprio di sì. Chiunque abbia ucciso Alice ha voluto incastrarmi per uscirne illeso».

Il vicario si sporse in avanti. «Individuare tutti i sospettati è il primo passo per scovare l'omicida. Iniziamo da qui».

«Lei crede nell'innocenza di mia sorella?». Ruby inarcò un sopracciglio con aria scettica.

«Quasi tutte le persone sotto quel tendone hanno bevuto il gin fatto in casa da sua sorella, e la signora Warren è stata l'unica a morire. È ovvio che è stata deliberatamente presa di mira. Non riesco a pensare a nessun motivo per cui sua sorella avrebbe dovuto uccidere la signora Warren».

«A parte diventare presidentessa del comitato del villaggio».

«È una posizione così prestigiosa da giustificare un omicidio?»

«Non per me». Scrollai le spalle. «Ma forse qualcun altro la vede in modo diverso».

«Ma non può essere il movente di qualcun altro», disse. «Non capisce? È un movente, debole per giunta, che può essere applicato soltanto a lei. Se scopriremo il vero movente, avremo in pugno l'assassino».

«Sembra incredibilmente semplice», commentai.

«Domani andrò a trovare Charles Warren con la scusa di porgergli le mie condoglianze. Vedrò se riesco a scoprire se è a conoscenza di qualche motivo per cui sua moglie è stata presa di mira».

«Allora è sicuro sia un omicidio?», domandò Ruby con voce incerta.

«Da quello che ho potuto vedere, si è trattato di un veleno ad azione rapida. Non lo si somministra per errore o per provocare una malattia. Chiunque sia il colpevole, voleva che la signora Warren morisse».

«Non credo di volere che tu indaghi», disse Ruby con voce stridula. «Potresti metterti in pericolo».

«Se non provo la mia innocenza, la gente sospetterà sempre di me, proprio com'è successo per la scomparsa di Stan. Devo fare tutto il possibile».

«Può contare sul mio sostegno», dichiarò Luke con decisione. «Non si preoccupi, signorina Andrews, farò in modo che non venga fatto del male a sua sorella».

Una sensazione di calore, che non aveva nulla a che fare con il tè che avevo appena bevuto, si diffuse nel mio ventre. Quell'uomo… no, quell'uomo *di bell'aspetto* credeva in me. Non solo, aveva assicurato a mia sorella che si sarebbe preso cura di me.

I precedenti dubbi sul mio piano si attenuarono, e non vedevo l'ora di lavorare insieme al vicario per dimostrare la mia innocenza.

5

Il mattino successivo, dopo la messa, andai a parlare con Joe Noble, il proprietario del Cricketer's Arms, e sua figlia Florence. Ero certa che l'ispettore Robertson li avesse interrogati il giorno precedente, ma volevo verificare di persona se il mio gin alle prugne era rimasto incustodito prima che Alice fosse avvelenata.

Luke si sarebbe recato da Ada Garrett per scoprire che cosa sapeva. Dal momento che era una devota pettegola, era ovvio che rappresentasse la migliore fonte di informazioni nell'intero villaggio. A me non avrebbe mai rivelato nulla, dato il suo innaturale odio nei miei confronti, per questo il vicario mi aveva promesso di usare tutto il suo fascino per estorcerle qualsiasi notizia.

Provai un po' di pena per lei, perché Luke avrebbe sfoderato tutto il suo carisma. Se durante una normale conversazione mi veniva naturale rispondere a ogni sua domanda, chissà che cosa gli avrei detto nel caso in cui si fosse adoperato a estorcermi delle informazioni, come aveva intenzione di fare con Ada. Aveva degli occhi così belli, e il suo sorriso mi faceva sentire un'idiota imbranata.

Mentre mi avviavo lungo il vialetto nei miei vestiti logori e con le solite scarpe ai piedi, desiderai avere un guardaroba pieno di abiti tra cui scegliere. Non era necessario che fossero belli come quello che Ruby mi aveva prestato per la fiera. Vestirmi di tutto punto mi aveva fatto capire quante cose mi stavo perdendo a passare le mie giornate in giardino in abiti da uomo. Ricordai vagamente i giorni prima della guerra e prima di Stan, in cui davo per scontati abiti e scarpe femminili e il mio lavoro da dattilografa.

Con un vestito addosso avevo opportunità e scelte. Con i miei consueti abiti, invece, la mia vita era monotona e faticosa, senza alcuna speranza di una tregua.

Giunta davanti all'ingresso del pub, spinsi la porta ed entrai. Joe sbucò fuori da dietro il bancone con un'aria sorpresa. «Signora Miller, che cosa ci fa qui?»

«Dovevo parlarle», dissi con urgenza, «del mio gin alle prugne».

«Abbassi la voce! Le conviene venire nel retro». Mi indicò il punto in cui nel bancone c'era un portello sollevabile. «Tieni d'occhio il bar, Mavis!».

Lo seguii nel suo alloggio privato, con le domande che mi rimbalzavano nel cervello. C'erano così tante cose che speravo potesse dirmi. «Chi è Mavis?»

«La barista. È nuova, di Edgecumbe. È molto popolare tra gli uomini del villaggio». Joe mi fece l'occhiolino. «Se capisce cosa intendo...».

Capii che Mavis era una giovane e attraente ragazza che portava le camicette troppo strette o le gonne troppo corte. «Era qui quando ho portato il gin alle prugne all'inizio della settimana?»

«Lavora solo nei fine settimana», rispose Joe, «quindi no, non c'era. Quando ieri si è presentata al lavoro, Florence aveva già portato le bottiglie nel tendone».

«Povera Florence. Sta bene?»

«Ho dovuto darle un goccio di brandy quando è rincasata. Non la smetteva di tremare. Mia moglie non sapeva cosa fare».

Joe era un uomo enorme, che superava tranquillamente il metro e ottanta, con due mani grosse come pale. In confronto, sua moglie Winnie era una donna minuta, un topolino. Non frequentavo il pub, ma la mia vicina di casa, Maud, mi aveva riferito che Joe idolatrava la moglie a tal punto che, se lei gli suggeriva qualcosa, lui si metteva all'opera ancora prima che avesse finito di chiudere la bocca. Quanto desideravo conoscere il suo segreto. Sarebbe stato bello avere un marito che mi adorasse, invece di uno che sembrava accorgersi di me solo se facevo qualcosa che non gli andava a genio.

«Mi piacerebbe fare qualche domanda a lei e a Florence. Se se la sente».

«Sì», rispose. «La vado a chiamare».

Si avvicinò alla porta del piccolo ma ordinato salotto e chiamò Florence. Poi tornò al suo posto, a fissarmi in trepidante attesa.

Cercando di restare calma, ripassai nella mia mente ciò che volevo scoprire. Come mi sarebbe stato utile avere un piccolo taccuino come quello dell'ispettore Robertson o di Cyril Bottomley.

Mi schiarii la gola. «Joe, le bottiglie di gin che le ho consegnato venerdì sono rimaste incustodite fino al momento in cui Florence le ha portate nel tendone ieri?»

«No».

Avevo contato su una risposta un po' più articolata. Mi inumidii le labbra e riprovai. «Quindi non è possibile che qualcuno le abbia manomesse?»

«Assolutamente no».

«Come fa a esserne così sicuro?»

«Le ho portate in cantina per farle stare al fresco. Non volevo che qualcuno di passaggio si servisse a suo piacimento».

«Di solito la gente si serve da sola nel suo pub?», chiesi con aria scettica.

«Non gliene do la possibilità», replicò. «Chiudo sempre a chiave la cantina».

Pur non sapendo nulla riguardo alla gestione di un locale pubblico, ritenni un comportamento alquanto insolito chiudere a chiave la cantina, dal momento che doveva restare accessibile per cambiare le botti e attingere alle scorte.
«È una pratica abituale?»
«Nel mio pub, sì».
«Papà?». Florence si affacciò sulla soglia. Quando mi vide si incupì, poi però assunse un'espressione ribelle. «Io non so niente!».
«Florence!». Joe indicò la sedia accanto alla sua. «Siediti».
Entrò nella stanza con riluttanza, come se stesse affrontando un boia piuttosto che una delle sue vicine. «Ti ringrazio per avere accettato di parlarmi, Florence», affermai.
«Ho già detto tutto a quel detective. Non so nulla, gliel'ho detto, proprio come l'ho detto a lui».
Anche se non avevo dei figli, avevo trascorso abbastanza tempo con i miei fratelli minori da capire quando gli adolescenti mentivano. Avevano la tendenza a irritarsi, come se la persona che poneva le domande fosse in torto. Florence, inoltre, era un po' ripetitiva, segno che mi stava di certo nascondendo qualcosa.
Guardai Joe, sorridendogli in modo rassicurante, o almeno così speravo. «Posso chiederle un bicchiere d'acqua, per favore?»
«Certo, signora Miller». Lanciò un'occhiata fugace a Florence, mentre si alzava. Era il tipico sguardo che i genitori rivolgevano ai propri figli, quello che chiaramente sottintendeva il messaggio: *Non fare o dire nulla che possa mettermi in imbarazzo davanti a un ospite.*
Non appena fui sicura che Joe fosse fuori portata, mi sporsi un poco in avanti sulla sedia e parlai a bassa voce, riferendo i pettegolezzi che avevo sentito dalla signora Burnett. «Ho saputo che tu e il figlio più giovane del fattore Bennington, Frank, avete un rapporto speciale».

«Cosa? No!». Le guance di Florence si tinsero di un rosso più intenso del divano bitorzoluto su cui ero seduta.

Per la prima volta, fui grata di avere prestato orecchio ai pettegolezzi che la mia vicina Maud amava diffondere. «Presto, prima che torni tuo padre. Non è che per caso ieri hai lasciato le bottiglie da qualche parte per andare a incontrare Frank John Bennington?»

«Come fa a saperlo?»

«Non lo sapevo», dissi. «Non proprio. Mi sono ricordata soltanto ora di avere visto il giovane Frank aggirarsi per il tendone. E, siamo onesti, la fiera di Westleham non è proprio una cosa da giovani, no?»

«È tremenda», concordò Florence.

«Raccontami tutto», la supplicai. «È davvero importante per me. Tutti pensano che io abbia avvelenato la signora Warren».

«Mio padre non lo deve sapere». Florence lanciò un'occhiata preoccupata nella direzione della porta. «Ma ha ragione, io e Frank ci siamo dati appuntamento. Ho lasciato le bottiglie di gin e di limonata e i bicchieri incustoditi nel tendone. È stato solo per un paio di minuti, lo giuro».

«Mentre chiacchieravi con Frank?»

«Sì», mi confermò prontamente. «Si è trattato solo di una breve chiacchierata, tutto qui. Non più di cinque minuti».

Di quanto tempo avevano bisogno gli adolescenti per scambiarsi un bacio veloce e coccolarsi un po' lontano dagli adulti? Non ne avevo idea. Stan e io eravamo andati al cinema quattro volte e a ballare due volte, prima che lui osasse darmi un bacio sulla guancia dopo avermi accompagnata a casa.

«Suppongo che siano stati più di cinque minuti». Con la fronte aggrottata, feci del mio meglio per sembrare severa. «Dovresti dirmi tutta la verità, signorina».

Florence si guardò disperata alle spalle. Sembrava prossima alle lacrime. «Potrebbero essere stati più di venti minuti, e io e Frank potremmo avere bevuto un po' di gin».

«Avete rubato una bottiglia?», le domandai con un tono più gentile.

«Sì». Si guardò le unghie rosicchiate. «Oh, la prego, signora Miller, non lo dica ai miei genitori. Si arrabbieranno moltissimo».

«Non sono preoccupata per la bottiglia di gin», dissi cauta, «ma per il fatto che tu sia rimasta da sola con Frank così a lungo. Non sarebbe bello se mantenessi il tuo segreto e poi venissi a sapere che ti sei messa nei guai».

«Non abbiamo...», balbettò, quando comprese a cosa stavo alludendo. «Voglio dire, non sono quel genere di ragazza. È stato solo un bacio. Mia madre mi ucciderebbe se portassi onta alla famiglia. E Frank è terrorizzato a morte da mio padre».

E a ragione. Frank era un ragazzo tarchiato e, in quanto figlio di contadini, probabilmente era forte, ma non poteva competere con la montagna che era Joe Noble. Malgrado ciò, Florence non temeva quello che avrebbe detto suo padre, ma sua madre. Ancora una volta, sembrava che i pettegolezzi di Maud fossero molto accurati.

«Sono molto felice di sentirlo». Mi appoggiai allo schienale. «Non ne parliamo più».

Joe tornò, posando con cura il bicchiere d'acqua su un sottobicchiere accanto a me. «Tutto bene?»

«Sì, padre».

«Ha esaurito le sue domande, signora Miller?».

Bevvi un sorso dell'acqua che avevo chiesto, ma che non volevo. «Ne avrei ancora un paio, se non è troppo per Florence».

Joe guardò la figlia, che annuì entusiasta. «Sono lieta di aiutarla, signora Miller».

«Hai per caso notato qualcosa di strano ieri? Qualsiasi cosa, anche un dettaglio che ti sembra poco importante».

«Be', la signora Warren ha bevuto due bicchieri di gin. Ecco perché ero così vicina a lei quando... quando è crollata. Mi ha fatto segno che voleva un altro drink».

«La signora Warren ha preso un bicchiere dal tuo vassoio?»

«Sì». Un sorriso malizioso affiorò sul volto di Florence. «E non è stata l'unica a gustare il suo gin ieri».

«Suvvia, Florence», intervenne Joe, «non è il caso di sparlare della gente del villaggio».

«Le sarei grata se permettesse a Florence di rispondere», dissi a Joe, dopo avere bevuto un altro sorso d'acqua per calmare i miei nervi. Non avrei mai immaginato che interrogare le persone fosse così terrificante.

Joe annuì e Florence sorrise di nuovo. «La signora Harrington avrà preso almeno quattro bicchieri dal mio vassoio».

«La signora Harrington?»

«Le piace bere», confermò Joe.

«La signora Harrington?», ripetei. «Elsie Harrington, la moglie del direttore dell'ufficio postale?»

«Quante altre Elsie Harrington ci sono in questo villaggio?». Joe scoppiò a ridere.

«Che significa che le piace bere?».

Joe si picchiettò il naso. «Diciamo che so per certo che ogni settimana si concede più di un bicchiere di gin dopo cena».

Ora comprendevo il suo comportamento bizzarro, anche se non mi era mai passato per la testa che Elsie avesse problemi di alcolismo.

«Un'ultima cosa». Mi voltai verso Florence. «Hai fatto cadere il vassoio perché ti sei spaventata per quello che è capitato alla signora Warren?».

Florence aggrottò le sopracciglia. «Be', è questa la cosa strana, signora Miller. Non posso giurarlo, e non mi sarebbe tornato in mente se lei non mi avesse posto la domanda, ma credo che qualcuno abbia urtato di proposito il mio gomito».

«Per farti rovesciare il vassoio con il gin?»

«Be', sì». Florence rise nervosamente. «Ma è successo tutto così in fretta che potrei sbagliarmi».

Non ero certa che fosse rilevante al fine dell'assassinio di Alice, ma era un evento singolare in una giornata piena di avvenimenti molto strani e preoccupanti.

«Grazie mille». Mi alzai in piedi. «Siete stati entrambi molto utili».

«Buona giornata a lei, signora Miller».

Mentre stavo per andarmene, mi balenò un altro pensiero per la testa. «Quanto sa il detective?».

Joe mi guardò con aria perplessa. «Gli abbiamo riferito che nessuno ha avuto accesso alle bottiglie, il che è vero. Non ci ha chiesto della propensione a bere delle signore».

«E non mi ha nemmeno domandato perché ho fatto cadere il vassoio», aggiunse Florence.

Sebbene fossi felice di avere ottenuto più informazioni dell'ispettore, ero sempre nella medesima brutta situazione. Almeno ora Robertson sapeva che nessuno aveva avuto accesso alle bottiglie di gin, a parte me, il proprietario del pub e forse sua figlia.

Mi sentivo assurdamente soddisfatta, perché almeno non ero più l'unica sospettata.

Dalla scomparsa di Stan non avevo più cucinato l'arrosto della domenica dopo la messa, ed era una cosa che mi mancava. Quando tornavamo a casa dopo la funzione alla chiesa di Ognissanti, Stan si sedeva in salotto con il giornale, mentre io e Lizzie andavamo in cucina, dove preparavo una porzione di carne e le verdure raccolte nel mio piccolo orto in fondo al giardino. Era un lusso che potevamo permetterci con lo stipendio di Stan.

Ora io e Ruby mangiavamo carne solo nelle occasioni speciali, o se scambiavo qualche prodotto da forno con il fattore Bennington. Avevo una bella scorta di uova dalle mie galline, ma lo zucchero era ancora razionato, e ciò limitava parecchio la mia capacità di cucinare quanto avrei voluto.

Per questo, quando il vicario passò a riferirmi della sua visita ad Ada Garrett, mi trovò a mettere degli gnocchetti in uno stufato di manzo che non conteneva manzo.

«Se posso dirlo, ha un profumo delizioso, signora Miller». Luke fece il suo ingresso in cucina alle spalle di Ruby, che era andata ad aprire la porta.

«La ringrazio, vicario. Vuole trattenersi a pranzo?»

«Scusatemi», intervenne Ruby. «Io vado in paese a fare una telefonata».

«Il pranzo sarà pronto tra mezz'ora».

«Torno subito». Ruby fece un piccolo cenno di saluto dall'uscio della cucina. «Ci vediamo dopo, vicario».

Luke si inginocchiò sulla pietra fredda ad accarezzare Lizzie.

«Finirà per riempirsi di peli», commentai, indicando il cane. «Si sieda, vicario».

«Non importa». Mi guardò pensieroso, poi tornò a osservare il mio cane. «Com'è riuscita a nutrirla durante la guerra?»

«Ho lavorato la terra», spiegai, «nella proprietà del fattore Bennington, in fondo alla strada. Mi era grato per le lunghe ore nei campi e mi lasciava tenere tutto ciò che non riusciva a vendere quando macellava. Lizzie mangiava qualsiasi cosa le facessi bollire con un po' di verdure».

«È molto intraprendente».

«Ho imparato a esserlo».

Parlare delle cose che avevo fatto per sbarcare il lunario mi imbarazzava. Il vicario sembrò intuirlo, e prese posto a tavola. «Mi tratterrò per il pranzo, se mi garantisce che non è un problema».

«Certo». Misi il bollitore sul fuoco. «Non avremo molto, ma le verdure non mancano mai».

«Temo che la mia governante non sappia nemmeno far bollire l'acqua».

Sorrisi. «Già, il precedente vicario sosteneva che erano i tanti pasti che consumava a casa dei parrocchiani a non farlo morire di fame».

«Stamattina mi ha servito del pane tostato bruciato con uova sode. Nemmeno gli uccelli hanno osato beccare il pane, e le uova erano talmente cotte da rimbalzare sulle pareti».

«Non ci avrà provato per davvero?», ridacchiai. Santo cielo, da quanto tempo non emettevo quel suono femminile? Troppi mesi, stabilii.

«No», ammise, «ma solo perché temevo che lei potesse sorprendermi».

«Non c'è nulla che si possa fare per migliorare la sua situazione?»

«Ahimè, no. La cosa peggiore è che fa parte del pacchetto casa-lavoro».

«Deve maritarsi», sbottai.

«Non è la prima a suggerire il matrimonio come risposta ai miei problemi. Tuttavia, mi risulta che la signora Johnson, artefice di quel delizioso Pan di Spagna, sia già una donna sposata».

Non era la prima volta che mi trovavo a desiderare di essere brava a fare i dolci, ma il mio talento non andava oltre le cose semplici, come bollire le verdure e preparare il tè. Tuttavia, ero in grado di tostare il pane senza bruciarlo e di preparare delle uova perfettamente sode come accompagnamento.

«La signora Johnson è abbastanza vecchia da essere sua nonna».

Si strinse nelle spalle. «Allora sembra che io sia destinato a rimanere da solo, almeno finché vivrò a Westleham».

Non potei fare a meno di chiedergli di più. «Nessuna giovane donna ha catturato la sua attenzione?».

Lui seguì il mio sguardo, che avevo rivolto verso la porta d'ingresso da cui era uscita Ruby. «Tipo sua sorella?».

Perché ero sempre un tale libro aperto? Era per questo che avevo sposato un uomo come Stan. Flirtare, essere seducente e tutte le altre cose che piacevano agli uomini non erano nella mia natura né ero mai riuscita a padroneggiarle. Ruby, invece, era un'esperta dell'arte della seduzione.

Ed era anche libera di intrattenersi con il vicario, a differenza mia. Luke Walker era fuori dalla mia portata come il duca di Windsor.

Sollevai il mento. «C'è di peggio in giro, vicario».

«Sono certo che sua sorella aspira a molto di più che a un matrimonio con un umile vicario di campagna». Parlò tamburellando con le dita sul tavolo della cucina, e senza mai distogliere lo sguardo dal mio viso. Non compresi che cosa cercasse nella mia espressione, ma feci del mio meglio per mantenerla neutra.

Ero contenta che Ruby non avesse colpito Luke? Sì, lo ero. Il dolore allo stomaco si placò, quando le sue parole dissiparono la fitta di gelosia. Che sciocca che ero. In definitiva, non faceva alcuna differenza se il vicario avesse manifestato interesse per Ruby o per qualcun'altra. Non erano affari miei.

«Credo che abbia ragione». Sospirai. Se fosse rimasta in casa dei nostri genitori, l'avrebbero persuasa a sposare il primo uomo idoneo, proprio come avevano fatto con me. Vivere con sua sorella dava a Ruby un maggiore senso di libertà, che non sempre ero certa fosse una buona cosa. Se avessi provato a indagare sulla telefonata che era andata a fare in paese, avrebbe subito cambiato argomento. Non mi confidava mai nulla.

Il bollitore fischiò e io lo tolsi dall'Aga. Versai un po'

di acqua bollente nella ciotola nel lavello e aggiunsi una scaglia di sapone. Nel corso degli anni, avevo imparato a pulire subito l'impasto degli gnocchetti, perché altrimenti diventava più duro del cemento e ci voleva una vita per rimuoverlo.

«Tè?».

Fece una smorfia. «Non credo di riuscire a mandarne giù dell'altro. La signora Garrett ha insistito perché ne bevessi due tazze».

«La signora Garrett non sa fare una tazza di tè decente», commentai, poi distolsi in fretta lo sguardo. Era vero, ma forse la sua intensa antipatia nei miei confronti era dovuta al fatto che mi avesse sentito dirlo? «Perché non prova una tazza della mia tisana alla lavanda, vicario?»

«Non credo di avere mai assaggiato la tisana alla lavanda prima d'ora». Dalla sua espressione, pareva che non avesse intenzione di farlo nemmeno in quel momento.

«Le verso una tazza. Non mi offendo, se non le piace».

«Come sono andate le cose con Joe Noble al pub?».

Appoggiai la teiera sul tavolo, insieme a tazze e piattini. La tisana doveva restare in infusione per alcuni minuti prima di essere pronta. «Florence è convinta che qualcuno l'abbia urtata per farle rovesciare a terra il vassoio con il gin».

Luke si appoggiò al tavolo. «Interessante».

«Già», concordai. «Mi ha anche confessato di avere lasciato le bottiglie incustodite nel primo pomeriggio per incontrare il figlio del fattore Bennington».

«Quindi chiunque avrebbe potuto manometterle?»

«Sì, ma è più probabile che il veleno sia stato messo nel bicchiere, non trova?». Mi accigliai, cercando di valutare tutti gli scenari possibili. «Se fosse stato nella bottiglia, sarebbero morte più persone».

«A meno che il gin manomesso non fosse nei bicchieri che si trovavano sul vassoio di Florence».

«Ma allora l'assassino come poteva essere certo che soltanto la signora Warren avrebbe bevuto il veleno?»

«Non credo che lo fosse». Luke tamburellò con le dita sul tavolo. «Siamo sicuri che fosse lei l'obiettivo?»

«In effetti, non mi viene in mente nessun motivo per cui qualcuno avrebbe dovuto ucciderla. Nessuno ci ha guadagnato dalla sua morte».

«Ah, be', questo non è del tutto vero».

Sollevai il coperchio della teiera per dare una mescolata al liquido. Soddisfatta, riempii due tazze. «Cosa sa che io ignoro?»

«La signora Garrett sostiene di essere stata informata dalla signora Harrington che Charles Warren dovrebbe ricavare una notevole somma di denaro dalla polizza assicurativa sulla vita della moglie».

«Chi l'ha detto alla signora Harrington?»

«A quanto pare, il marito».

Riflettei su quell'informazione. Ernest Harrington era il direttore dell'ufficio postale, quindi era possibile che fosse a conoscenza di certe cose. «Joe Noble mi ha riferito che la signora Harrington è un po' troppo affezionata al gin».

«Allora è probabile che abbia rivelato alla signora Garrett qualcosa che non avrebbe dovuto per un eccesso di disinvoltura, dico bene?». Luke tirò il piattino verso di sé, scrutando la tazza con aria dubbiosa.

Bevvi un sorso di tè. «Visto? Non è avvelenato».

«Non ho pensato nemmeno per un istante che lo fosse». Lo sorseggiò con cautela. «Le ho già chiarito che non sospetto di lei. È la tisana alla lavanda a non convincermi».

Cercai di non attribuire alcun significato alla sua incrollabile fede nella mia innocenza, ma le sue parole rallegrarono comunque il mio cuore martoriato. «Ha saputo qualcos'altro dalla signora Garrett?».

Soffiò sulla tisana. «Nulla di utile».

Capii che era troppo educato per riferirmi il resto del loro discorso. «Suppongo che non sia stata molto lusinghiera nei miei confronti».

«Sembra che nutra un odio piuttosto malsano nei suoi riguardi».

Lo ammirai per la sua onestà, ma non potei fare a meno di soffrire un po' all'udire la parola "odio". Era così fortemente negativa. Ancora una volta, mi domandai che cosa avessi fatto per suscitare una tale emozione in una donna che conoscevo appena.

«Non so davvero come mai».

«Gliel'ho chiesto. Vuole sapere che cosa mi ha risposto?»

«Che domanda ridicola!», sbottai. «Sa forse di qualcuno che non voglia conoscere l'opinione che gli altri hanno di lui?»

«Mi scusi». Sbatté le palpebre e le belle ciglia si chiusero momentaneamente sui suoi occhi azzurri. «È stato molto sconsiderato da parte mia».

«Suvvia, mi dica, perché la signora Garrett mi ha in antipatia?». Non riuscii a impedire alla rabbia di trapelare dalla mia voce. Era davvero esasperante essere odiati da qualcuno senza avere fatto nulla per meritarlo.

«Ha risposto che lei non apprezzava suo marito, e che è colpa sua se è andato via e l'ha abbandonata».

Toccò a me sbattere rapida le palpebre. «Non me l'aspettavo. Non le sto antipatica perché pensa che abbia seppellito Stan in giardino?»

«Credo che sia ciò che dice alla gente per non sembrare gelosa».

«Gelosa?», ripetei. «Di me?»

«Suo marito è tornato a casa dalla guerra, quello di Ada no».

Mi coprii la bocca con la mano, mentre sussultavo. «Non c'ero arrivata. Oh, santo cielo! Povera Ada».

Come avevo potuto essere così irriguardosa? Forse perché era più facile vedere Ada Garrett come un'impicciona pettegola piuttosto che indagare su ciò che la spingeva a immischiarsi negli affari di tutti. Era probabile che si sentisse estremamente sola. Ero così rapita dalla mia vita e dai miei problemi che non avevo nemmeno preso in considerazione quelli di Ada.

«Ho pregato per lei quando sono rientrato in canonica, e ho anche chiesto al Signore di confortarla». Gli angoli della bocca di Luke si incurvarono verso l'alto in un leggero sorriso. «E ho pure domandato che le venissero perdonate le trasgressioni nei suoi confronti».

«Potrebbe odiarmi a tal punto da incastrarmi?»

«Mi sono posto la stessa domanda», confessò Luke con tono cupo.

«E a quale conclusione è giunto?»

«È uno scenario che non mi sento di escludere».

Annuii. «Capisco. Forse dovremmo mettere da parte l'omicidio durante il pranzo?»

«Sono d'accordo. Mi auguro che sia meglio di questa tisana alla lavanda!».

Lo guardai indignata. Mi fece un occhiolino così oltraggioso che scoppiammo entrambi in una fragorosa risata. Lungi dall'essere offesa dalla sua valutazione sulla mia tisana, presi le sue parole esattamente per ciò che erano. Avendo capito che ero turbata, aveva alleggerito di proposito l'atmosfera.

Se solo la sua premura non me lo avesse reso ancora più simpatico di quanto non lo fosse già. Mi ripromisi di scoprire qualcosa sul vicario che lo facesse sembrare più umano e meno uomo dei sogni.

Dopo pranzo, Luke si scusò dicendo che era suo dovere di buon cristiano fare visita alla signora Harrington dopo la scenata del giorno precedente. Personalmente, ritenni che fosse curioso di saperne di più sul succoso pettegolezzo che Ada gli aveva fornito. Charles Warren aveva davvero ucciso la moglie per ottenere il rimborso dell'assicurazione?

Non mi sembrava probabile. Erano una coppia benvoluta in paese, ma per lo più se ne stavano per conto loro. A parte il ruolo di Alice come presidentessa del comitato, nessuno dei due partecipava alla vita del villaggio. La reazione estrema di Charles alla perdita della moglie mi era parsa autentica. Facevo fatica a immaginarmi che un uomo così legato alla moglie avesse pianificato la sua morte.

Ruby insistette perché mi sedessi in salotto, mentre lei si occupava dei piatti. Lizzie mi seguì nell'altra stanza, accoccolandosi come al solito ai miei piedi.

«Ada è gelosa di me perché Stan è tornato a casa dalla guerra». Scossi la testa e feci una smorfia. «Se solo sapesse».

Tirai fuori il lavoro a maglia dal cestino alla mia sinistra. Durante la guerra, non avevo fatto altro che calzini da mandare a Stan. Lui mi aveva spedito dei brevi messaggi di ringraziamento, certo, ma io mi ero aspettata di più. Forse non sarei stata in grado di gestire delle appassionate dichiarazioni di amore, ma sognavo un po' del bel linguaggio che avevo visto nelle lettere che altri soldati avevano inviato a casa alle loro innamorate.

Una ragazza con cui lavoravo nei campi aveva ricevuto pagine e pagine di prosa splendidamente scritte che, in segreto, pensavo il suo innamorato avesse copiato da un libro. Era davvero possibile che un uomo seduto in una trincea fangosa chissà dove in Europa fosse in grado di provare emozioni tanto forti? Non ne ero così sicura.

Guardando il cartamodello e il lavoro a maglia appeso ai ferri, cercai di capire a che punto ero del cappottino per neonato a cui stavo lavorando. Non conoscevo nessuno che stesse per avere un bambino, ma avevo comprato la lana e il modello poco tempo dopo il ritorno di Stan a casa. Per qualche giorno mi ero permessa di credere che una delle poche volte in cui si era infilato nel mio letto singolo mi avesse messo incinta. Non era così, ovvio.

Ormai era altamente improbabile che avessi un figlio mio, visto che erano passati ben più di nove mesi da quando aveva condiviso il mio letto, per non parlare del fatto che era scomparso. Un'altra cosa che mi mandava su tutte le furie e che tendevo a seppellire il più profondamente possibile, perché mi faceva troppo male pensarci.

Qualche settimana prima avevo ritrovato il gomitolo dimenticato da tempo in un cassetto, e la voce di mia madre mi era giunta nitida: *Non sprecare, non desiderare*. E così stavo lavorando a maglia un indumento che non sapevo a chi regalare.

«Forse dovrei farlo di una taglia più grande per te, Lizzie», dissi.

La mia fedele compagna sbatté la coda sul pavimento con entusiasmo. Non mi illudevo. Lizzie era pienamente d'accordo con tutto quel che dicevo, anche quando le mie idee erano ridicole.

«Forse dovrei andare a trovare Margaret Leaming per scoprire chi ha vinto i premi». Consultai il modello e poi ripresi a lavorare. «Magari c'entrano qualcosa con la morte di Alice».

«Come potrebbero?», mi chiese Ruby, entrando in salotto.

«Non ne ho idea», risposi con onestà. «Forse qualcuno non ha vinto il premio che pensava di meritarsi».

«Quindi, secondo te, Alice è stata ammazzata per impedirle di assegnare un premio a qualcuno non meritevole?»

«Può darsi».

«Quello è il buco per il braccio?». Ruby scrutò il mio lavoro.

«No, a meno che il bambino non abbia braccia sottili come un bastoncino da cocktail». Esposi il mio lavoro a maglia alla luce. «Fa parte del modello».

«Sicura?». Ruby si accomodò sul divano.

La ignorai. Non ne capivo molto di lavori ai ferri, ma Ruby ne sapeva ancora meno. «A ogni modo, Luke ritiene che Alice potrebbe non essere il bersaglio dell'assassino. Come poteva essere certo che avrebbe ingerito il veleno?»

«Luke?». Mi voltai verso mia sorella, che aveva aggrottato le sopracciglia, nonostante il tono divertito. «Martha, ti piace il vicario?».

Infilai il ferro nel punto successivo e avvolsi la lana, prima di guardare Ruby. «Certo che no. Che cosa sciocca da dire».

«Sei arrossita».

«Sono esausta dopo avere cucinato il pranzo», replicai, restia a condividere con mia sorella l'eccitazione che provavo ogni volta che Luke era nei paraggi. Per lei era del tutto accettabile che io provassi qualcosa per un altro uomo, nonostante fossi sposata. Io, invece, mi vergognavo troppo ad ammettere che non avevo mai avuto le farfalle allo stomaco o sentito una simile eccitazione quando ero vicino a Stan.

«Non sono sicura di seguirti», disse infine Ruby. «Mi riferisco alla persona che avrebbe ucciso Alice per il mancato premio».

«Finora abbiamo ragionato in modo logico e non abbiamo trovato un movente per l'omicidio di Alice». Mi era impossibile parlare e stare al contempo attenta al lavoro a maglia. Posai i ferri in grembo e mi girai verso Ruby. «Ma forse chi ha ucciso Alice non ha agito razionalmente».

Non rivelai a Ruby ciò che Luke aveva scoperto riguardo al denaro dell'assicurazione che Charles Warren avrebbe ricevuto. Non sapevamo se l'informazione fosse corretta. Non mi sembrava giusto diffondere quello che in sostanza era un pettegolezzo, soprattutto perché sapevo sulla mia pelle quanto potesse far male.

«Buona fortuna. Ti servirà per trovare il pazzo di Westleham che è anche un assassino!», ridacchiò Ruby. «Hai così tante opzioni...».

Pensai di farle notare che non era molto gentile da parte sua. Certo, nel nostro villaggio c'erano diversi personaggi eccentrici, ma definirli pazzi era forse un po' esagerato. Poi mi ricordai di quanto odiassi quando nostra madre mi correggeva.

Ruby era un'adulta. Non spettava a me dirle come parlare. Dopotutto, non mi era servito a nulla seguire i consigli di mia madre, no? Ero bloccata qui, sposata con un uomo che non vedevo da più di un anno. Ruby, invece, che ignorava tutto ciò che la mamma le aveva detto di fare, viveva una vita meravigliosa e si recava a Londra quasi tutti i fine settimana per incontrare chissà chi.

«Credo che andrò a trovare Margaret». Rimisi il lavoro a maglia nel cestino. «Ieri ha detto che sarebbe venuta a farmi visita. Penso che andrò io da lei».

«Il tuo lavoro a maglia non sta procedendo molto bene, vero?»

«Cosa te lo fa pensare?»

«Qualunque cosa tu stia facendo non sembra diventare più grande».

«È un modello molto complesso».

«Cosa direbbe Luke se ti sentisse mentire?», mi prese in giro con un sorriso. «E per di più di domenica!».

Presi un cuscino e lo lanciai addosso a Ruby.

La sua risata mi seguì mentre chiudevo la porta e mi incamminavo lungo il vialetto. Se era così che ci si comportava tra sorelle, decisi che la cosa mi piaceva.

6

La casa di Margaret Leaming era la prima sulla strada principale. La mia era l'ultima ai confini del villaggio, quindi vivevamo più o meno lontane, per quanto le distanze fossero relative in un paese.

Quando superai il grande prato alla mia sinistra, tenni lo sguardo fisso sul sentiero davanti a me. Non volevo vedere il tendone dove Alice aveva esalato il suo ultimo respiro tra le mie braccia.

Alla mia destra c'era il pub, l'ufficio postale e la merceria. Il villaggio era insolitamente tranquillo. Mi ricordai che era domenica, e che la maggior parte delle persone stava a casa a dormire o a godersi il pranzo domenicale e il sole estivo in giardino.

Alla fine, dopo avere superato la banca alla mia sinistra e altri negozi e case, arrivai al cancello di Margaret. Era nuova in paese, perciò non sapevo molto di lei. L'avrei trovata a casa o era uscita a trovare dei parenti? La domenica era impossibile andare lontano, a meno che non si possedesse un'automobile. Gli autobus non circolavano a Westleham nei giorni festivi.

Bussai alla sua porta e sbirciai dalla finestra del salotto alla mia sinistra. Le tende di pizzo si mossero, e aspettai che Margaret mi venisse ad aprire. Attesi per dei lunghi secondi prima di udire i suoi passi. Socchiuse appena la porta e curiosò fuori.

«Buon pomeriggio, signora Leaming». Sorrisi in modo affabile per mascherare il mio turbamento. Margaret aveva un aspetto orribile. I suoi capelli puntavano in tutte le direzioni, come se non avessero visto un pettine da settimane, e il suo viso era pallido. «Mi dispiace molto disturbarla di domenica, ma ci sono alcune questioni del comitato che devo proprio chiarire».

«Non possono aspettare?», sbottò lei, caricando ogni parola di impazienza.

«Temo di no», dissi nel modo più cortese possibile. «La mia libertà potrebbe essere a rischio».

«Suppongo sia meglio che entri», dichiarò, priva di entusiasmo.

Ero perplessa. Il giorno precedente Margaret era stata l'unica a comportarsi in modo gentile con me. A parte il vicario, ovvio. Cosa poteva essere successo alla segretaria del comitato da renderla così riluttante a parlarmi?

Mi condusse oltre il salotto e nella cucina sul retro del cottage. Arricciai il naso, mentre la seguivo lungo lo stretto corridoio: il caratteristico aroma di urina di gatto impregnava l'aria. Margaret si fermò di colpo davanti alla porta della cucina e la richiuse.

«Ripensandoci, andiamo in salotto». Allungò il braccio. «Mi faccia strada, signora Miller».

Un brivido di paura mi percorse la schiena quando mi girai. Margaret mi avrebbe attaccato di spalle? No, Margaret e io lavoravamo a stretto contatto da mesi ormai. Se fosse stata una pazza omicida, sono certa che avrei colto qualche avvisaglia. Non dovevo lasciare che il triste destino subito da Alice mi rendesse paranoica e nervosa.

La porta del salotto era parzialmente socchiusa, così allungai una mano per spalancarla. La stanza era ingombra di mobili e, su ogni superficie disponibile, c'era una moltitudine di gatti.

«Santo cielo, signora Leaming!», mormorai. «Non sapevo che fosse un'amante degli animali».

Entrò nella stanza dietro di me. «Lasci che le trovi un posto dove sedersi».

Combattuta tra il desiderio di essere educata e quello di dire a Margaret che preferivo restare in piedi, guardai il tappeto ai miei piedi. Un tempo probabilmente aveva avuto un motivo a festoni su sfondo bordeaux; ora era così ricoperto di peli che era davvero difficile stabilirlo con esattezza. «Oh, la prego, non li faccia sloggiare per colpa mia. Posso restare in piedi».

«Sciocchezze». Posò due gatti sul pavimento. O forse erano tre. Chi riusciva a contarli? «Si sieda».

Feci come mi era stato ordinato. Dopotutto, avevo bisogno delle informazioni in possesso di Margaret, così decisi che il modo migliore per ottenerle era essere il più piacevole possibile. Mi domandai se aveva idea di quanti gatti possedesse.

«Che bella stanza».

«Dovrei davvero sbarazzarmi di un po' di roba». Raccolse uno strofinaccio dallo schienale della sedia di fronte alla mia e lo lanciò contro gli occupanti felini, che lasciarono la stanza con dei miagolii indignati. «Ma i mobili appartenevano al mio defunto marito e non riesco proprio a separarmene».

Con mio grande orrore, gli occhi di Margaret si riempirono di lacrime. «Erano suoi anche i gatti?».

Sbatté le palpebre, e l'umidità scomparve all'istante. «Santo cielo, che strana domanda».

«Ho solo pensato che», balbettai, «siccome gli altri oggetti nella stanza erano suoi, forse lo erano anche gli animali».

Era una cosa davvero stupida da dire, ma l'aspetto trasandato di Margaret e il suo strano comportamento mi avevano messo in allarme. Per non parlare del fatto che una nostra amica e compaesana era stata orribilmente assassinata il giorno prima.

«Non posso offrirle del tè. Temo di avere finito il latte».

«Oh, non è un problema, non mi tratterrò a lungo». Non avevo intenzione di restare in quella casa così squallida più del necessario. Avrei gradito un bicchiere d'acqua dopo la lunga passeggiata, ma, se la cucina era sporca quanto il salotto, preferivo bere a casa mia. «Ieri sera e stamattina mi sono venute in mente alcune domande a cui solo lei è in grado di dare una risposta».

Si lasciò cadere con pesantezza su una sedia. «Spari».

Margaret Leaming era una di quelle donne dall'età indefinibile. Poteva essere compresa tra la fine dei trent'anni e l'inizio dei cinquanta. Di norma portava i capelli acconciati in riccioli stretti e ordinati, aveva una carnagione piuttosto rosata e una corporatura che sarebbe stata educatamente definita "robusta".

«Ha perso suo marito in guerra?».

Mi lanciò un'occhiataccia. «Non credo che sia venuta qui per parlare di mio marito. Sono molto impegnata, signora Miller».

In altre parole: *Fammi le domande che sei venuta a pormi e poi vattene da casa mia*. Il suo atteggiamento nei miei confronti era in diretto contrasto con la sua natura comprensiva del giorno precedente. Che cosa era cambiato?

«Mi scusi, è solo che fino ad ora ignoravo che fosse vedova. Io...».

«Signora Miller?». Indicò con insistenza l'orologio sulla mensola del camino sepolta da strati di polvere vecchia di settimane.

«Mi scusi. Vorrei l'elenco di coloro che hanno vinto un premio alla fiera».

«In che modo dovrebbe aiutarla?».

Scrollai le spalle, sorridendo ironica. «Non lo so. Condurre delle indagini è una cosa nuova per me. Sto cercando di raccogliere quante più informazioni possibili, sperando che mi portino all'assassino».

«Sta perdendo il suo tempo», affermò Margaret con un tono gentile, nonostante le parole. Si alzò in piedi per dirigersi verso una bella scrivania in un angolo della stanza. «I nomi dei vincitori dei premi non possono aiutarla, ma comunque ho qui l'elenco».

Mi passò un foglio di carta, ancora attaccato a una cartellina. «Posso prenderlo o devo farne una copia?»

«Non spetta a me decidere». Margaret mi guardò con attenzione. «È lei la nuova presidentessa. Tocca a lei stabilire se coloro che sono stati scelti come vincitori debbano comunque ricevere il premio».

«Ah, grazie», borbottai, chiedendomi se sarei riuscita a godermi la mia nuova posizione. Non ambivo a quel ruolo, ma se il resto del comitato mi avesse indicata, io avrei fatto del mio meglio, malgrado il modo terribile con cui mi era stato assegnato il posto. Tuttavia, avrei potuto riscontrare qualche difficoltà a presiedere un comitato di paese dalla prigione: motivo in più per impegnarsi a fondo nell'indagine.

«C'è un'altra cosa che vorrei sapere. Ha per caso notato qualcosa di strano nella signora Warren? Mi è stato riferito che avrebbe consumato molto alcol. Saprebbe dirmi se era una cosa insolita?»

«Conoscevo la signora Warren alla stregua di chiunque altro in paese». Margaret si avvicinò alla mia sedia, aspettandosi di vedermi scattare in piedi. «Ovvero non la conoscevo affatto».

«La ringrazio. La lascio», *pulire la sua casa disgustosamente sporca,* «proseguire con le sue cose».

«Sono felice di esserle stata d'aiuto».

«Ma che bella credenza», commentai, mentre mi dirigevo

verso l'uscita. «Attira lo sguardo in modo sorprendente».

La credenza in mogano, con i suoi piedini ricurvi, ricordava il mobilio di epoca vittoriana. Aveva ampi scomparti su ciascun lato e tre cassetti al centro dotati di una maniglia in ottone.

«Un falso», si affrettò a precisare Margaret. «Sono certa che a occhi inesperti sembra un vero Sheraton, ma non lo è».

«Temo di non essere affatto un'esperta. Io non sarei in grado di distinguere uno Sheraton da un mobile fatto da un falegname di strada».

Lei sorrise e mi passò davanti per tenermi aperta la porta d'ingresso. «Be', buona giornata a lei, signora Miller».

Piegai la testa in avanti, avanzando di un passo verso il vialetto che portava al cancello del giardino. «Buongiorno, signora Leaming».

Inspirai a fondo non appena la porta venne chiusa alle mie spalle. Dal suo aspetto e dai suoi modi di fare, non avrei mai immaginato che Margaret vivesse in una casa così trasandata. Aveva un'aria molto capace, un incrocio tra una segretaria elegante e un'istitutrice severa. Nulla di lei faceva intendere che fosse un'amante degli animali, tantomeno una collezionista di gatti.

Stavo imparando in fretta che non avevo idea di chi fossero davvero le persone che vivevano a Westleham. Una di loro era un'assassina: ricordare questo fatto sconfortante fece subito passare in secondo piano l'ossessione felina di Margaret.

L'erba ai lati del sentiero era stata tagliata con cura, e la siepe sul davanti della proprietà era stata potata di recente. Di sicuro Margaret aveva qualcuno che si occupava del verde. Non era possibile che una persona che teneva la casa in quel modo potesse avere un giardino così curato.

Probabilmente avrei sprecato il mio tempo, ma lo aggiunsi alla lista delle cose che volevo scoprire. Chi era il giardiniere di Margaret Leaming? Sapeva forse qualcosa riguardo al marito scomparso?

Le informazioni apprese dopo avere dato una rapida occhiata al foglio che mi aveva dato la signora Leaming mi portarono alla casa di fronte alla mia. George Felton viveva lì con la moglie, Gertrude, la quale era la governante del vicario. Non avevo mai sentito George lamentarsi della cucina della sua consorte, e mi chiesi se ne fosse immune dopo anni di matrimonio o se le scarse capacità della moglie si manifestassero solo nella cucina della canonica.

Nessuno venne a rispondere ai miei colpi sulla porta, così girai intorno alla casa per vedere se per caso George fosse al lavoro nel giardino sul retro. Quando aprii il cancello, un campanello tintinnò. Feci un passo indietro, lasciando ricadere le mani sui fianchi.

George apparve pochi istanti dopo con un cipiglio sul volto arrossato. «Oh, è lei, signora Miller. Come posso aiutarla?»

«Possiamo scambiare due parole?». Indicai il cancello. «Vedo che avete montato una specie di allarme».

«Non volevo che il sabotatore del villaggio mi distruggesse di nuovo il giardino». Non fece alcuna mossa per aprire il cancello. «Ho pensato che, se avessi udito qualcuno entrare, almeno avrei potuto provare a catturare il malvivente».

«Ingegnoso», commentai. «Mi chiedo se Lizzie svolga lo stesso compito per me. È curioso che i nostri giardini siano rimasti relativamente indenni».

«Indenni?», gridò George, agitando le braccia in aria. «Non ha visto in che stato ha lasciato le mie fave? No che non l'ha visto, vero? Né lei né la signora Warren vi siete prese la briga di venire a vedere la devastazione nel mio giardino. Eravate entrambe troppo impegnate a organizzare la fiera del villaggio per coloro che avevano ancora dei prodotti da esibire».

Vergognandomene, rammentai che il giardino di George era stato il primo a essere preso di mira dal vandalo, ma all'epoca non aveva fatto così tante storie come ora. Controllai la cartellina, trovai il nome di George e feci scorrere la mia mano nella colonna successiva, in cui era stato riportato il premio che aveva vinto.

«Ci deve essere un errore».

«L'unico errore commesso è stato quello di permettere a due donne di essere a capo del comitato del villaggio», si infuriò George. «L'ho detto allora e lo ribadisco adesso. Certe posizioni importanti devono essere appannaggio soltanto degli uomini».

«Quanto sono state danneggiate le sue fave?». In diretto contrasto con il tono adirato di George, mantenni la voce bassa nella vana speranza di non dare ulteriore credito alle sue misere opinioni sulle donne in posizioni autorevoli.

«È sorda?», mi domandò in modo brusco, come se volesse testare il mio udito. Desiderai arretrare dal cancello, ma avevo bisogno di sentire la sua risposta. «Sono state completamente distrutte. I nazisti non avrebbero potuto fare un lavoro migliore».

«Davvero?». Inarcai un sopracciglio senza tentare di nascondere il mio sarcasmo. «Allora può spiegarmi come ha fatto a vincere il primo premio della fiera del villaggio?»

Nel giro di pochi secondi il suo volto passò da rubicondo a un rosso pericolosamente scuro. «Piccola infida strega!».

Su che basi stava insinuando che, tra i due, ero io la complottista? «Al momento più opportuno, terremo una riunione del comitato per stabilire il da farsi».

«Esigo il mio premio!».

«Ma se mi ha appena comunicato che il vandalo ha distrutto tutte le sue fave». Strinsi la cartellina contro il petto.

«Eppure ha vinto il primo premio proprio per quell'ortaggio. Concorderà con me che i due fatti non siano compatibili».

«Ha frainteso», disse con il veleno che rendeva i suoi occhi più scuri. Mi puntò un dito addosso. «Non ha sentito bene. Ho detto che i miei fagiolini sono stati distrutti, non le mie fave».

«La signora Leaming annota puntualmente ogni cosa durante le riunioni del comitato». Feci un passo indietro. «I verbali vengono poi battuti a macchina e distribuiti a tutti i membri, dando a ciascuno la possibilità di segnalare eventuali imprecisioni. Sono certa che dagli appunti risulterà che lei abbia denunciato la distruzione delle sue fave».

«Le consiglio di riflettere con molta attenzione sulla sua successiva mossa», ringhiò.

«Mi sta forse minacciando?», domandai con l'ultima goccia di spavalderia che avevo ancora in corpo.

«No, è un avvertimento, signora Miller». Si sporse dal cancello, puntando con fare selvaggio l'indice nella mia direzione. «È nel suo interesse dimenticare questa conversazione».

Sebbene quella fosse la prima fiera dalla fine della guerra, la signora Warren mi aveva messo al corrente delle intense rivalità e dell'aperta ostilità tra gli abitanti del villaggio. Avevo reputato le sue parole esagerate. Invece, dato che era morta, era evidente che avesse sottovalutato il problema e, se ero almeno un po' brava a giudicare il carattere della gente, avrei giurato che George Felton desiderasse strangolarmi lì, su due piedi.

Mi allontanai in fretta e furia, trattenendo il respiro finché non fui di nuovo in strada. Mentre mi voltavo per chiudere il cancello del giardino principale, qualcuno mi batté sulla spalla. Mi girai di scatto, brandendo la cartellina in aria come se fosse un'arma mortale.

Il vicario alzò le mani al cielo. «Sono dalla sua parte!». I suoi occhi azzurri parevano tristi, nonostante la nota di giovialità nella sua voce.

«Ho appena vissuto un'esperienza terribile».

«Anch'io». Luke allungò un braccio davanti a sé. «Vogliamo parlarne in canonica?».

Guardai la sua casa con aria dubbiosa. «C'è la signora Felton?»

«Sono sicuro che mi abbia lasciato una deliziosa cena fredda e che sia già andata a casa a occuparsi di suo marito». Arricciò il naso per dimostrare che si aspettava che il cibo fosse tutt'altro che gradevole.

Non riuscii a stabilire cosa fosse peggio: la possibilità che la signora Felton origliasse la nostra conversazione, o che il vicario e io restassimo soli a casa sua. Essendo già al centro dei pettegolezzi del villaggio, la mia natura cauta prese il sopravvento.

«E se andassi a prendere Lizzie? La possiamo portare insieme a fare una passeggiata».

Lui arrossì appena. «Certo. È un suggerimento del tutto appropriato».

Non ero sicura che la mia reputazione potesse scendere più in basso, ma mi sembrava ridicolo correre un simile rischio.

«Torno subito».

Mi affrettai ad attraversare la strada, desiderando che la passeggiata con il vicario fosse un semplice svago e non avesse l'esplicito scopo di mettere insieme le informazioni che avevamo raccolto per scoprire l'assassino.

«Procediamo verso la fattoria», suggerii dopo che il vicario ebbe accarezzato Lizzie. Forse avrei dovuto accertarmi che Stan fosse un amante degli animali prima di decidere di sposarlo. Avevo dato a Lizzie una casa mentre lui era via a combattere. Al suo ritorno, non si era mai comportato in modo scortese con lei, ma il fatto che la ignorasse mi aveva lasciato intendere che disapprovava la mia decisione.

«Se ci dirigiamo da quella parte, è meno probabile che le tende del villaggio si agitino in preda alla fibrillazione», concordò Luke amabilmente.

«Che cosa ha scoperto?»

«Sono andato a fare visita alla signora Harrington. L'ho trovata sola e molto loquace».

«Oddio!», esclamai. «Le ha ribadito che è convinta che io sia un'assassina?»

«Ci teneva a farmi sapere che il signor Warren riceverà un enorme risarcimento dall'assicurazione in seguito alla morte della moglie».

«Santo cielo, quindi il pettegolezzo era vero».

«I pettegolezzi di paese non sono quasi sempre accurati?»

«Mio marito non è sepolto sotto le mie patate», risposi brusca.

«Se non sbaglio, lo abbiamo già stabilito», replicò lui, senza offendersi per il mio tono rude. «Altrimenti non sarei così entusiasta di camminare con lei lungo un sentiero deserto».

Indicai il fosso che costeggiava la stretta strada che stavamo percorrendo. «Se avessi intenzione di eliminare qualcuno, lo spingerei lì. Nessuno lo scoprirebbe mai. Credo di essere l'unica a percorrere questa strada a piedi con regolarità. Il fattore Bennington passa sul suo trattore e lord Chesden possiede un'automobile».

«E i servitori di lord Chesden? Non si recano in paese?»

«Ottima osservazione», dissi. «Il cibo viene consegnato direttamente alla villa, ma suppongo che abbia ragione. Alcuni servitori trascorrono il pomeriggio al villaggio».

«E lei si domandava come mai fossi così propenso a credere nella sua innocenza». Luke allungò una mano e l'appoggiò sul mio braccio per farmi girare verso di lui. «Sarebbe una terribile assassina. Ammiro la sua pianificazione e la sua capacità di prendere in considerazione tutte le evenienze, ma, a mio avviso, non è abbastanza astuta».

«Che cosa fa di lei un esperto?», gli chiesi con un sorriso.

Luke si allontanò da me, procedendo a camminare. Facemmo più di venti passi prima che mi rispondesse. «Ho capito di che cosa fossero capaci gli uomini soltanto quando ho prestato servizio nell'esercito come cappellano. Si cambia, nel momento in cui ci si accorge a che livello certe persone sono disposte a scendere. E non mi riferisco soltanto ai tedeschi, ma anche ai soldati alleati».

«Stan non mi ha mai parlato della guerra», commentai. «Mi chiedo spesso se sia successo qualcosa mentre era via, e se sia la causa per cui un bel giorno ha deciso di non fare più ritorno a casa».

«Suppongo che molti uomini non amino parlare delle loro esperienze». Luke fissò i campi di orzo smossi dalla leggera brezza. «Pensa che Stan sia ancora vivo?»

«Sì», risposi subito. «Anche se non sono in grado di spiegarle come mai io ci creda così ardentemente, ma è così. Non avevamo un matrimonio felice, e so di non essere stata l'amore della vita di Stan. Sono convinta che abbia incontrato una donna a Londra, più bella, più intelligente e più divertente di me».

«Dev'essere difficile restare legati a un uomo che se n'è andato in modo così insensibile».

«Potrò divorziare», dissi con una voce molto più forte della mia risolutezza, «tra altri due anni, quando ne saranno trascorsi tre dalla sua scomparsa».

«Lo farà? Divorziare da lui, intendo?»

«Non lo so», risposi con sincerità. «Non è quello che fa una giovane donna ben educata, giusto? Anche se la maggior parte della gente del villaggio è già convinta che io abbia fatto qualcosa per farmi lasciare da mio marito».

«I tempi stanno cambiando», dichiarò Luke. «Guardi il duca di Windsor».

«Lo ammiro moltissimo. Ha rinunciato a tutto per la donna che ama. Penso che sia a questo che aspirano le giovani donne quando si sposano, che il loro sia un amore indissolubile».

«Suppongo che il suo non lo fosse».

«Mi imbarazza ammettere che Stan e io ci siamo sposati senza convinzione, perché eravamo entrambi soli. La guerra era alle porte e, in un certo senso, era romantico. Non che ci fosse qualcosa di romantico nella guerra o in Stan e me, ma all'inizio sembrava così».

«E quando è tornato?»

«Eravamo degli estranei che vivevano nella stessa casa», ammisi con tristezza. «È così che Lizzie è diventata la mia migliore amica. Sa, non ho mai parlato di queste cose con nessuno prima d'ora».

Non ebbi l'impressione di stare tradendo Stan per il fatto che stessi disquisendo del mio matrimonio con Luke. Trovai sorprendentemente facile confessargli cose che non avevo mai detto ad anima viva. A parte Lizzie, ovvio, ma lei non contava per davvero. Dare corpo ai pensieri li rendeva più reali e, per la prima volta, accettai quanto io e Stan fossimo male assortiti. Se solo non fossi stata così desiderosa di fare felici i miei genitori e di lasciare la loro casa per sposarmi. Forse, se non fossi stata tanto precipitosa, avrei potuto innamorarmi per davvero di un uomo, di uno come Luke.

«Non è legata a sua sorella?»

«Non tanto», ammisi. «Mi piacerebbe, ma nessuna di noi due sa come si fa».

«Non sono d'accordo», affermò Luke. «La sfido, Martha Miller, a tornare a casa questa sera e a dire a sua sorella qualcosa che non le ha mai rivelato prima. È evidente che quella giovane donna tenga molto a lei. È probabile che stia solo aspettando un suo cenno».

«Che cosa dovrei dirle?». Il respiro mi si bloccò in gola, mentre indugiavo nella speranza di potere istaurare un rapporto più stretto con Ruby.

«Qualcosa di personale che lei ignora. Condivida una parte di se stessa».

«Santo cielo, è questo genere di cose che insegnano alla scuola per vicari?». Mi lasciai sfuggire una risata imbarazzata. Non eravamo abituate a condividere le nostre emozioni, speranze o sogni.

«No, è quello che ho imparato da una madre che si vantava di insegnare ai suoi figli come amare gli altri e se stessi. Una lezione molto importante».

Non riuscivo a immaginare com'era crescere con una madre come quella di Luke. Potevo imparare le lezioni che aveva impartito a suo figlio, o per me era troppo tardi? Supposi che fosse bello piacersi un po' di più di quanto non facessi io. «E suo padre?»

«Mio padre era troppo selettivo per aprirsi a qualcuno al di fuori di se stesso», rispose Luke con asprezza, prima di cambiare argomento. «Ora, a proposito degli Harrington, come ho detto, la signora Harrington era particolarmente loquace e fin troppo felice di confermarmi la notizia dell'assicurazione di Charles Warren sulla vita della moglie. Tuttavia, quando il signor Harrington è tornato a casa, la conversazione si è parecchio affievolita. Anzi, lui mi ha ribadito le recenti condizioni di salute della moglie e mi ha subito accompagnato alla porta».

«Dov'era stato?». Accettai il brusco cambio di argomento senza fare commenti. Se il vicario avesse voluto parlarmi di suo padre, ero certa che lo avrebbe fatto, ma in quel momento non lo desiderava affatto.

«Non lo so. Non gliel'ho chiesto e lui non me l'ha detto».

«Strano momento per uscire», rimuginai. «Non c'è niente di aperto di domenica. Persino il pub chiude nel pomeriggio».

«Una cosa è certa», affermò Luke. «La signora Harrington era molto ubriaca e il signor Harrington era terribilmente in imbarazzo per questo».

«Dobbiamo trovare il modo di parlare con il signor Warren», dissi. «Ora che siamo sicuri che avesse un movente per uccidere la moglie, dobbiamo indagare più a fondo su di lui».

«Ho già in programma di andare a trovarlo domani per discutere dell'organizzazione del funerale. Dovrebbe venire con me».

«Potrei dichiarare che mi servono alcuni documenti del comitato». Mi irrigidii mentre parlavo. «No, non posso farlo. È terribilmente insensibile».

«Allora mi accompagni e basta, senza fornire alcuna spiegazione. Forse in due scopriremo qualcos'altro che ci aiuterà nella nostra ricerca».

Raggiungemmo il viottolo che conduceva alla fattoria di Bennington e tornammo indietro verso il villaggio. Era probabile che il vicario stesse adempiendo ai suoi doveri parrocchiali aiutandomi a dimostrare che non ero colpevole di avere ucciso la signora Warren. Non mi importava più quali fossero le sue motivazioni. Mi faceva piacere che avesse scelto di passare del tempo con me. Ma c'era dell'altro. La consapevolezza che aveva fiducia in me infondeva calore in tutto il mio corpo, e per la prima volta dopo anni mi sentivo davvero viva.

7

Il mattino seguente incontrai Luke fuori dalla canonica, e insieme ci incamminammo verso il cottage di Charles Warren. Stringendo la cartellina che la signora Leaming mi aveva dato il pomeriggio precedente, speravo che avremmo estorto qualcosa di utile dal vedovo. Finora, tutto quel che avevamo scoperto era un'accozzaglia di informazioni, nessuna delle quali sembrava collegata.

«Questa è di gran lunga la parte peggiore del mio lavoro». Luke si fermò davanti al cancello di casa Warren per guardarmi con una smorfia, che alterava il suo bel viso.

«Come si fa a consolare una persona che ha subìto un simile calvario?»

«Credendo fermamente in Dio», rispose. «Sono convinto che la signora Warren sia nelle Sue mani. Anche se non è una consolazione per coloro che restano, voglio pensare che sia almeno un conforto».

«È stato difficile mantenere salda la sua fede durante la guerra?».

Se avrebbe preferito che non gli ponessi una domanda così personale, non lo diede a vedere. «Quasi impossibile».

Luke e Stan erano stati testimoni delle medesime situazioni. Sebbene i detective incaricati delle indagini sulla scomparsa di mio marito mi avessero suggerito che era possibile che le esperienze di guerra gli avessero influenzato la mente, cosa che apprezzavo, non ritenevo che fosse quello il motivo per cui Stan non era più tornato a casa. Avevo sempre pensato che avesse solo incontrato un'altra donna, e che non riuscisse più a sopportare di tornare a casa da me.

Forse una tale certezza era più indice delle mie insicurezze che delle intenzioni di Stan. Andava al lavoro e rincasava sempre allo stesso orario, ogni santo giorno. Non ero sicura che avesse il tempo di incontrare qualcuno e di avere una relazione così torrida da decidere di mettersi con l'altra, abbandonando me. Tuttavia, dovevo ammettere che, se Stan avesse incontrato qualcuno in grado di fargli battere il cuore un po' più forte, come faceva il mio quando ero vicino a Luke, allora forse si sarebbe gettato a capofitto nella nuova storia.

Restava ancora l'ipotesi più plausibile. Non potevo contemplare che Stan si fosse fatto del male. Ma cosa sapevo davvero delle sue esperienze di guerra e dei danni che potevano avere causato alla sua mente? La triste verità era che io non conoscevo a fondo mio marito e lui non conosceva davvero – o meglio, non aveva conosciuto – me.

Luke aprì il cancello e si spostò per permettermi di passare. Poi toccò a me farmi da parte per consentirgli di sollevare l'imponente battente in ottone.

La porta si aprì, rivelando un Charles Warren alquanto trasandato. Non era rasato, e i suoi capelli erano unti e spettinati. I pantaloni di un pigiama a righe spuntavano da sotto una spessa vestaglia.

«Buongiorno, signor Warren». Luke controllò l'orologio. «Sono forse in anticipo?»

«Immagino che sia in perfetto orario, vicario». Charles guardò me e poi il suo abbigliamento. «Mi scusi, signora Miller. Non l'aspettavo».

«La prego, non si preoccupi per me», dissi. «Posso tornare a casa, se preferisce che non entri, ma ci tenevo molto a porgerle le mie condoglianze».

Spalancò la porta. «Entrate, tutti e due».

Charles ci condusse in un salotto ordinato e arredato con stile. Ai lati del camino c'erano due poltrone e, di fronte, un piccolo divano. Un enorme dipinto con una scena bucolica dominava la parete sopra la mensola del camino. Pur non sapendo assolutamente nulla di arte, decisi che mi piaceva molto.

«Che bel quadro».

Charles alzò lo sguardo, come se fosse stupito di vedere la tela appesa alla parete, e poi il suo volto si contrasse. «Alice se ne innamorò durante la nostra luna di miele a Scarborough. Costava una cifra spaventosamente alta, ma non riuscii a dirle che non potevamo permettercelo. Non sono mai stato in grado di dirle di no, e ora se n'è andata. Oh, che cosa devo fare?».

Mi cucii la bocca. Perché finivo sempre con il dire la cosa sbagliata? Che si trattasse di interrogare il vicario su cose che non mi riguardavano o di spingere George Felton a minacciarmi, sembravo destinata a cacciarmi nei guai.

«Signor Warren», disse Luke con un tono rassicurante, «c'è qualcosa che possiamo fare per lei?».

Charles sembrò sbigottito. «Non vi ho offerto del tè, tantomeno una sedia. Accomodatevi, per favore. Metto su il bollitore».

«Non ce n'è bisogno, Charles», lo bloccò Luke. «Siamo venuti a vedere se ha bisogno di qualcosa, e io mi chiedevo se fosse pronto a discutere del servizio funebre per sua moglie».

Charles estrasse un fazzoletto dalla tasca della vestaglia per asciugarsi gli occhi e soffiarci dentro. «Non potrò seppellire Alice fino alla conclusione dell'autopsia».

Non sapevo che avessero predisposto un'autopsia formale, ma era del tutto prevedibile, vista la morte improvvisa e innaturale.

«Ha dei familiari che possano sostenerla nel frattempo?», si informò Luke. «Mi duole che affronti un simile dramma senza alcun sostegno».

«Non ho nessuno». Charles scosse la testa. «Eravamo solo io e Alice».

«Se lo desidera, le starò vicino io».

«È molto gentile da parte sua, vicario. La ringrazio». Charles mi guardò. «E lei, signora Miller? Presenzierà all'inchiesta?»

«Credo che la signora Miller sarà chiamata a testimoniare».

Santo cielo. Perché non ci avevo pensato? «Davvero?»

«Quasi certamente», rispose Luke. «Si trovava nelle immediate vicinanze della signora Warren quando è avvenuto l'incidente, perciò sono certo che il medico legale avrà bisogno che lei gli dica di preciso cos'è successo».

«Collaborerà, vero, signora Miller?». Charles si voltò verso di me con occhi imploranti. «Per la mia povera Alice».

«Certo», concordai. Non che i testimoni di un'inchiesta avessero una scelta in merito. A ogni modo, non aveva importanza. Ero lieta di raccontare ciò che sapevo, sperando che fosse di qualche utilità. Di certo, le informazioni che avevo raccolto fino a quel momento non mi erano servite a molto. Forse la polizia avrebbe avuto più fortuna di me nel ricostruire gli avvenimenti.

«Dovrebbe portarsi a casa tutti i documenti di mia moglie riguardo al comitato». Charles scattò in piedi. «Alice avrebbe voluto che li avesse lei, visto che la sostituirà».

Concluse la frase con un singhiozzo, mentre usciva di corsa dalla stanza. Guardai Luke. «Un'autopsia?»

«È una buona cosa», sussurrò. «Speriamo che serva a mettere fine ai pettegolezzi su di lei».

«Sempreché la polizia giunga alla stessa sua conclusione, cioè che non c'entro nulla».

«Non sia così negativa», mi rimproverò. «Non ha fatto nulla di male. Auguriamoci che la polizia capisca che l'assassino di Alice potrebbe essere chiunque».

«Ecco qua», annunciò Charles con voce fintamente allegra. Appoggiò ai miei piedi una delle cassette che il verduriere usava per conservare gli ortaggi. «Questo è tutto il materiale cartaceo del comitato. Alice ha conservato ogni cosa».

«La ringrazio, è molto gentile, ma...», mi interruppi, quando Luke mi diede una gomitata. Lo guardai, e lui scosse appena la testa. Possibile che mi avesse letto nel pensiero e avesse intuito che stavo per dire che ignoravo se sarei stata la prossima presidentessa del comitato del villaggio? Che dipendeva dal fatto se mi avrebbero accusata o meno dell'omicidio di sua moglie?

«La porterò io a casa sua, signora Miller», disse il vicario. «Sembra molto pesante».

«Immagino che tutti pensino che sia stato io», sbottò Charles.

«Perché mai?»

«Ho incrociato la signora Garrett ieri sera, quando sono andato a telefonare». Charles si passò una mano sugli occhi. «Dovevo avvisare che oggi non sarei andato al lavoro. A ogni modo, mi ha riferito che circola la voce che ho ucciso Alice per la sua assicurazione sulla vita».

«Oh, ma signor Warren, è semplicemente ridicolo!», esclamai d'istinto, commossa da quella che credevo fosse una genuina angoscia. Il premio dell'assicurazione era un ottimo movente, ma Charles era davvero in grado di fare una cosa così venale?

«La signora Miller ha ragione. Non dia ascolto alle chiacchiere. Possono essere molto crudeli».

«Non dovrebbe lasciarsi turbare da quello che gli altri pensano di lei».

«Dice sul serio, signora Miller? Non la sconvolge sapere che la gente è convinta che abbia fatto fuori Stan? *Io amavo mia moglie*». Aveva insinuato, anche se non in modo esplicito, che lui amava la sua sposa, mentre io non ero affatto affezionata a mio marito. Non potei correggerlo, perché non aveva torto. Ero legata a Stan, ma da tempo avevo capito di non nutrire nei suoi confronti l'amore che una normale moglie avrebbe dovuto provare.

«Mi dispiace molto». Abbassai lo sguardo sul mio grembo.

«Non deve scusarsi». Charles sospirò. «È solo che trovo molto difficile accettare che coloro che giudicavo amici non siano venuti a porgermi le loro condoglianze. Ora ne conosco il motivo, non è vero? È perché tutti pensano che mi arricchirò dopo avere commesso un'azione terribilmente malvagia».

«Ha parlato con la polizia della polizza assicurativa?».

Trattenni il respiro, mentre attendevo la risposta di Charles. Luke era così intelligente. Aveva messo in dubbio la veridicità dei pettegolezzi senza chiederlo apertamente.

«Ho riferito subito all'ispettore Robertson della sua esistenza». Charles si prese la testa tra le mani. «Come farò a girare di nuovo a testa alta in paese?»

«Un giorno alla volta. È il modo più semplice», dichiarai con fare sincero. «Continui a condurre la sua solita vita e, alla fine, i pettegolezzi prenderanno di mira qualcun altro».

«È un buon consiglio», commentò Charles con voce spezzata. «Lo metterò in pratica domani. Dopotutto, mi aspettano al lavoro».

«Di sicuro le permetteranno di stare a casa un po' più a lungo, viste le circostanze».

«Il mio datore si è dimostrato molto comprensivo, vicario», replicò Charles, «ma io gli ho detto che sarei rientrato domani. La signora Miller ha ragione: devo tornare alla normalità il prima possibile».

Provò a sorridere, ma più che altro mostrò i denti in modo grottesco. Mantenne l'espressione per un attimo, prima di crollare di nuovo e singhiozzare nel fazzoletto.

Rientrai a casa mia con Luke dopo che il signor Warren ci aveva assicurato di non avere bisogno di nulla.

Luke posò la cassetta contenente le carte di Alice Warren sul tavolo della mia cucina. «Forse dovrei occuparmi dei compiti parrocchiali e iniziare a preparare il sermone della prossima domenica».

«Credo che quello di ieri sia stato molto apprezzato».

«Ah, sì?». Luke appoggiò le mani sul tavolo della cucina. «Non lo capisco mai».

«Ritengo che un sermone possa considerarsi un successo quando la maggior parte della congregazione resta sveglia fino alla fine». Dopo avere messo il bollitore sul fuoco, tornai al tavolo a sfogliare i documenti di Alice. «Non riesco a comprendere il suo sistema di archiviazione».

Luke sbirciò nella cassetta. «Pare non ne avesse uno».

«Devo trovare gli appunti della riunione di aprile».

«Posso aiutarla a cercare, se vuole. Di sicuro vale come aiuto a un parrocchiano».

Gli passai una manciata di fogli, sorridendo. «Apprezzerei molto il suo aiuto, se non è un problema».

«Che cosa devo cercare di preciso?»

«Note scritte a mano. La signora Leaming redige il verbale dai suoi appunti. Ho controllato la mia copia ieri, dopo avere parlato con George Felton. È solo specificato che si è lamentato del danneggiamento di alcune colture. Spero che la signora Leaming abbia annotato il particolare ortaggio che ha dichiarato essere stato distrutto».

«Dichiarato?»

«Ritengo che sia stato George a compiere gli atti di vandalismo negli orti del villaggio».

«George? Il marito della mia governante?». Luke si accigliò. «Cosa glielo fa pensare?»

«Ieri, dopo la messa, sono andata a trovare la signora Leaming, il che, me lo lasci dire, è stata un'esperienza sconvolgente. Ha già visitato il suo cottage?»

«No. Ho l'elenco di tutti gli abitanti del villaggio. Li sto pian piano andando a trovare tutti. C'è qualcosa che dovrei sapere?»

«Alla signora Leaming piacciono i gatti».

«Anche a me piacciono i gatti», precisò Luke.

«Posso garantirle che non li ama quanto la signora Leaming». Abbassai la voce, anche se eravamo le uniche persone in casa. «Ne ha così tanti che non sono riuscita a contarli».

Mi fece cenno con la mano di andare avanti. «E? Sento che c'è dell'altro in questa storia».

«La prego, non mi giudichi una pettegola, vicario», dissi, perché l'opinione che aveva di me contava molto, «ma gli animali erano molto poco igienici. Inoltre, la stessa signora Leaming non era presentabile come suo solito».

«Non è venuta in chiesa ieri?»

«Se si fosse presentata in un simile stato trasandato, sarebbe finita sulla bocca di tutti prima dell'inizio delle letture».

«Di solito la frequenta?».

Riflettei per un minuto. «No, a dire il vero. Tuttavia, trovo strano che non si sia fatta vedere dopo la fiera del villaggio».

«Perché?»

«I negozi sono chiusi di domenica, vicario», spiegai. «Mi dispiace doverle dire che la maggior parte degli abitanti del villaggio si informa sui fatti del paese in chiesa. Dopo la morte di Alice, mi aspettavo che la chiesa fosse più gremita del solito».

Luke scrollò le spalle. «Non mi interessa per quale motivo vengono a messa, signora Miller. Mi limito a gioire se la partecipazione è alta. E lo è stata, vero?»

«Direi che l'affluenza è stata discreta», commentai. «Però era prevedibile, visto che era la sua prima funzione e la gente voleva sapere le ultime novità sulla povera signora Warren».

«Trovato!». Sollevò in alto un singolo foglio. «La scrittura della signora Leaming è pessima, ma ha annotato che "il signor George Felton ha presentato un reclamo ufficiale perché il suo intero raccolto di fave è stato distrutto da una o più persone sconosciute"».

«Lo sapevo!», esclamai trionfante.

«Perché è così importante?»

«Perché il signor Felton ha vinto il primo premio per le sue fave alla fiera del villaggio».

«Ah, ho capito dove sta l'inghippo. Che cosa farà?»

«Credo che telefonerò all'ispettore Robertson per raccontargli la mia scoperta».

«È possibile che il signor Felton abbia ucciso la signora Warren per tenersi il primo premio?», chiese Luke con un'espressione dubbiosa sul volto.

«Tutto è possibile, vicario». Mi avvicinai al piano cottura, dove il bollitore stava fischiando allegramente. «Del tè?»

«Solo se non è a base di erbe». Arricciò il naso. «Perché beve quella roba?»

«Risparmiando i buoni per il tè e lo zucchero nella mia tessera annonaria riesco a ottenere della carne extra per Lizzie».

«In tal caso, accetto volentieri una tazza di tisana». Sorrise.

«Apprezzo il suo sacrificio, vicario, ma posso darle il tè di Ruby. Non lo verrà mai a sapere».

«Ah», alzò un dito in aria, «ma lo saprò io. Una tisana, per favore. Forse alla fine mi piacerà. Ora, a proposito del signor Felton...».

«Oh, il primo premio è un movente più che probabile per l'assassinio della signora Warren. Il signor Felton si è comportato in un modo piuttosto allarmante con me. Non mi sento di escludere che l'abbia uccisa».

«Forse non dovrebbe andare in giro a interrogare le persone da sola».

«È molto gentile da parte sua preoccuparsi per la mia sicurezza». Misi la bustina di lavanda nella sfera per il tè e versai l'acqua bollente. «Ma sono abituata a prendermi cura di me stessa».

«Non lo metto in dubbio», dichiarò. «Tuttavia, c'è un assassino a piede libero nel villaggio».

«Non possiamo farlo insieme», dissi. «Sono certa che qualcuno ci avrà visto portare a spasso Lizzie ieri e poi di nuovo oggi. Non hai mai lavorato in un piccolo paese prima d'ora?»

«Certo, anche se nelle mie precedenti parrocchie, le donne della comunità avevano per lo più l'età di mia nonna».

«Deve avere più cura della sua reputazione», lo ammonii con molta onestà. «La mia è andata, quindi so quanto sia facile perderla. Avendomi portato la cassetta, una tazza di tè tra vicini è accettabile, ma deve andarsene entro i prossimi quindici minuti, altrimenti le garantisco che la sua moralità sarà chiacchierata prima che il macellaio chiuda per pranzo».

«È davvero così grave?»

«Temo di sì». Appoggiai la teiera sul tavolo per prendere le tazze e i piattini. «Pertanto dobbiamo sbrigarci a parlare. Qual è la nostra prossima mossa?».

Trovai delizioso usare la parola "nostra" e, in attesa della sua risposta, trattenni il fiato.

«Lei telefonerà all'investigatore, mentre io potrei...».

Un colpo alla porta interruppe le parole di Luke, e io inarcai le sopracciglia. «Visto? Gliel'avevo detto».

Mi affrettai ad aprire la porta, e sulla soglia vi trovai la mia vicina di casa. «Buongiorno, signora Miller. Potrei avere un momento del suo tempo?»

«Venga in cucina, signora Burnett. Il vicario è stato così gentile da portarmi una cassetta di documenti della signora Warren da esaminare. Gradisce una tazza di tè?»

«Oh, volentieri». Maud Burnett si sventolò l'aria davanti al viso con la mano. «Un'altra giornata estremamente calda».

«Già. Negli ultimi giorni ho trascurato il giardino. Immagino che il sole abbia fatto crescere le erbacce più in fretta del solito».

Maud entrò in cucina prima di me. «Oh, che bello trovarla qui, vicario!», esclamò con voce sorpresa, come se non l'avessi informata della sua presenza pochi istanti prima.

«Signora Burnett, giusto?». Luke si alzò in piedi e scostò una sedia per la mia vicina ficcanaso.

«Come sta il signor Warren?». La sua domanda confermò che avevo ragione: sapeva esattamente dove eravamo stati.

«Più o meno come ci si può aspettare», rispose Luke. «Ci ha informati che tornerà al lavoro domani».

«Ma è presto!», protestò Maud, come se la sua opinione fosse l'unica a contare. «Troppo presto. Forse quello che ho sentito dire su quell'uomo è vero».

«Che cosa ha sentito?». Non potei farne a meno. «È un'informazione che va trasmessa al detective? Potrebbe aiutare le indagini?»

«Credo che lo sappia già», dichiarò Maud, guardando prima me e poi Luke, e prolungando il più a lungo possibile la pausa. «Sa anche dell'assicurazione dovuta al signor Warren».

«C'è dell'altro?». Non mi sforzai di fingere di essere interessata alle informazioni solo nella misura in cui riguardavano il caso.

«Eccome se c'è!», annunciò Maud trionfante. «Ho sentito dire che il signor Warren ha un'amica in città».

«Non può essere». Scossi la testa. «Il signor Warren sembrava sinceramente addolorato. Non posso credere che sia vero».

«Signora Miller», disse Maud con un tono carico di pietà, «se c'è una persona che dovrebbe essere al corrente che certi gentiluomini tendono ad avere delle amiche speciali oltre alla propria moglie, quella dovrebbe essere lei».

Mi sentii male e abbassai lo sguardo sul tavolo. «Sono sicura che Stan non...».

«Perché è sua moglie, mia cara». Maud mi accarezzò la mano. «Era chiaro a tutti che l'affetto di suo marito era, purtroppo, riposto altrove».

Avrei voluto proseguire a negare e insistere che Stan non era quel tipo di uomo, che mio marito non era capace di una simile doppiezza, ma non potei. Non quando sapevo che le sue parole erano con ogni probabilità vere. Ero contenta che almeno una persona in paese avesse capito che il mio matrimonio era finito, e non perché avevo perso le staffe con Stan e lo avevo seppellito sotto le mie patate.

«La signora Garrett ritiene che sia colpa mia se ho perso la stima di mio marito».

Luke si agitò sulla sedia, e io mi pentii delle mie parole sconsiderate. Mi aveva confidato l'opinione della signora Garrett. Non giovava a nessuno ripetere le sue parole. Tantomeno a lui.

«Sciocchezze!», sentenziò Maud. «Ha fatto del suo meglio. Ora dovrebbe agire come la signora Simpson e ottenere il divorzio. Non credo che riuscirà ad accalappiare un principe come lei, ma forse troverà un uomo più gentile che le riempirà la casa di marmocchi».

Pensavo di avere raggiunto il limite dell'imbarazzo, invece mi sbagliavo. La mortificazione riusciva a stento a mascherare la vergogna. Non desideravo affatto affrontare davanti a Luke argomenti come mio marito, il nostro matrimonio e la mia incapacità di generare figli nonostante la nostra lunga unione. Fermo restando che, ovviamente, Stan era stato all'estero per gran parte della nostra vita coniugale.

«La ringrazio, signora Burnett», borbottai. «Rifletterò sul suo consiglio».

«Forse io potrei aiutarla», si offrì Luke.

«Lei?», squittii.

«Alcune persone non amano parlare con i poliziotti», disse. «Potrei andare a trovare il datore di lavoro di suo marito. Di rado la gente si sottrae a un vicario».

«Oh, no, non posso permetterglielo». Scossi la testa per enfatizzare le mie parole. «Anche se è molto gentile da parte sua».

«Quisquiglie! È un'idea eccellente!». La signora Burnett batté le mani. «Vada a Londra domani, vicario. Altrimenti come farà la signora Miller a trovarsi un marito più adatto, se rimane sposata con Stan?»

«Sono sicura che il vicario ha di meglio da fare, signora Burnett», protestai.

«Bazzecole!». Si portò una mano al cuore. «Tutto quello che deve fare, vicario, è trovare una prova che permetta alla signora Miller di svincolarsi dal suo terribile matrimonio, così potrà essere di nuovo felice».

«Non penso che...».

Maud mi agitò una mano davanti alla faccia. «Lei pensa troppo. Non sarebbe contenta di sapere che fine ha fatto Stan?»

«Sarei lieto di aiutarla, signora Miller», intervenne Luke. «Se lei è d'accordo, certo».

In realtà, la trovavo un'idea davvero terribile, un'idea che avrebbe solo peggiorato le cose. Preferivo tenermi impegnata a Westleham e cercare di togliermi Stan dalla testa. Anche se credevo che la signora Burnett avesse ragione e che mio marito fosse scappato per stare con un'altra donna, non bramavo di scoprire di essere dalla parte del giusto. Nessuna donna desidera avere la prova categorica che non è stata in grado di tenersi il proprio marito.

Guardai Luke, che annuì con un sorriso incoraggiante, e la signora Burnett, che sembrava semplicemente speranzosa. Come mi sarei sentita a liberarmi di Stan e del nostro terribile matrimonio? Mi avrebbe dato il coraggio di scoprire se la mia amicizia con Luke celava qualcosa di più?

Volevo anche scoprire se i pettegolezzi su Charles Warren avessero un fondo di verità. Forse potevo salire di nascosto sullo stesso treno di Luke. «Se davvero non le dispiace essere coinvolto, gliene sarei grata, vicario. Forse è meglio che io sappia la verità, invece di vivere in un limbo. Prenderà il treno dei pendolari per Londra?».

Luke scattò in piedi. «Sì, lo farò. Ora, se le signore vogliono scusarmi, devo andare. Si hanno così tanti impegni quando si è nuovi in una parrocchia».

«Che dedizione». Maud appoggiò un gomito sul tavolo con un'espressione estatica.

«L'accompagno alla porta». Prima di aprirgliela, mi rivolsi a Luke per sussurrargli: «Domattina prenderò il suo stesso treno».

«Lo immaginavo, signora Miller».

Il mattino seguente, di buon'ora, Ruby e io uscimmo di casa insieme per percorrere la breve distanza che ci separava dalla stazione ferroviaria. Una volta raggiunta Slough, Ruby sarebbe scesa per andare al lavoro come al solito, mentre io sarei rimasta sul treno fino a Paddington.

La sera precedente avevo lasciato un messaggio per l'ispettore Robertson dalla cabina telefonica accanto all'ufficio postale. Lo avevo messo al corrente riguardo a quel che avevo scoperto su George Felton, e in merito al fatto che ritenevo che fosse il vandalo degli orti del villaggio. Mi auguravo che si sarebbe occupato della situazione mentre ero via.

«C'è il signor Warren», commentò Ruby, guardando fuori dal finestrino, mentre ci accomodavamo ai nostri posti. «Ha un aspetto orribile. Non credo proprio che abbia una relazione».

«Pensi che sia possibile capirlo?»

«Quasi sempre», rispose decisa.

«Secondo te, Stan aveva un'altra?». Il mio cuore batté allo stesso ritmo del treno che sfrecciava sui binari, mentre attendevo nervosa la sua risposta.

«Perché me lo chiedi, Martha?». Ruby mi guardò con aria preoccupata.

«Sai molte più cose di me», risposi. «Sulle persone, le relazioni e altre faccende del genere».

«Non vi ho visti insieme abbastanza a lungo da farmi un'opinione», dichiarò Ruby cauta.

«Ma che cosa sai di lui?», insistetti.

«Perché è così importante per te?»

«Se aveva una relazione, potrei divorziare».

«Vero, potresti», disse lentamente. «Ma lo faresti? Che cosa ti ha fatto pensare al divorzio?»

«Maud Burnett», confessai.

«Maud o il nuovo vicario molto attraente?»

«Entrambi», ammisi, prima di potere cambiare idea e inventarmi una risposta qualsiasi.

«Be', mi fa piacere». Ruby mi sorrise. «Sei triste da troppo tempo, Martha. È ora che tu viva la tua vita».

«È passato solo un anno», protestai.

«*È scomparso* solo da un anno», mi corresse Ruby, «ma tu sei infelice da molto più tempo».

Desiderai poter negare le sue parole. In un'altra occasione, avrei permesso alla lealtà nei confronti di mio marito di contraddire Ruby, ma, ricordandomi del consiglio di Luke, decisi di essere sincera. «Hai ragione. È difficile per me ammetterlo, ma il mio non era un matrimonio felice. Forse è arrivato il momento di lasciarmi alle spalle Stan».

Ruby mi guardò sorpresa. «È stato così difficile confessarlo?»

«Sì», affermai. «Non è una cosa che si fa, no? Noi inglesi diciamo sempre che va tutto bene, anche quando non è così».

«Mi dispiace che tu e Stan non siate stati felici, Martha».

«È per questo che non ti sei ancora sposata? Hai paura di finire anche tu in un matrimonio disastroso?»

«Se fossi rimasta a casa, sono sicura che mamma e papà avrebbero insistito che trovassi un uomo che si prendesse cura di me. Sono molto grata di avere ricevuto la tua lettera e di avere avuto una possibilità di fuga».

«Non sono delle persone cattive».

«No, non lo sono», concordò Ruby. «Avevano bisogno di più spazio per i nostri fratelli più piccoli, ma non volevo che una simile esigenza affrettasse la mia ricerca di un uomo che mi faccia perdere la testa».

«Nessuno di quelli con cui vai al cinema l'ha ancora fatto?»

«No». Guardò fuori dal finestrino. «Non ancora».

Mi stava nascondendo qualcosa, e desideravo tanto sapere che cosa. Pensai disperatamente a un modo per chiederglielo, ma non riuscii a trovare le parole. Dopo anni in cui mi era stato insegnato a non esternare le emozioni, era difficile per me rompere quel circolo vizioso.

Il treno arrivò a Slough, e Ruby si sporse in avanti per baciarmi la guancia. «Ci vediamo stasera, Martha».

Arrossii per quel gesto inaspettato di mia sorella. Ricacciai le lacrime giusto in tempo per vedere un uomo afferrare il braccio di Ruby, mentre camminava lungo i binari. La sua stretta aveva un non so che di possessivo. Quando il treno lasciò la stazione, riuscii a scorgere il volto di Ruby. Era rivolta verso lo sconosciuto, ma vidi con chiarezza la sua espressione. Con mio grande sgomento, il suo bel viso era una maschera di sofferenza.

8

Luke attese di vedermi sull'affollato binario di Paddington per prendermi poi a braccetto. «Presto, il signor Warren è già sceso dal treno».

Con le braccia intrecciate, ci affrettammo a farci largo tra la folla di persone, composta per lo più da uomini con ventiquattr'ore, cappelli eleganti e scarpe lucide, diretti nei vari uffici di Londra. C'erano anche alcune signore vestite ad hoc per la giornata di lavoro, ma perlopiù sembravano essere venute in città a fare shopping. A ogni modo, avevano tutte una cosa in comune: erano così prese dalle loro vite e dai loro impegni da non badare a me e al bel vicario al mio fianco.

«Riesce a scorgerlo?», gli chiesi, mentre raggiungevamo il fondo di una rampa di scale.

«Sì, sbrighiamoci».

Luke mi fece cenno di salire prima di lui. Mi ritrovai in cima quasi senza fiato. Mi afferrò di nuovo per il braccio e mi trascinò alla luce del giorno.

Pochi minuti dopo, Charles Warren entrò in un edificio. Io e Luke ci fermammo fuori. «E adesso?»

«Entro a chiedere di lui».

«Non sarà piuttosto ovvio?»

«Dirò che siamo amici, che l'ho visto per strada e ho pensato di invitarlo a pranzo. Non è del tutto falso». Luke mi guardò con un'espressione preoccupata. «Starà bene qui fuori, mentre io sono via?»

«Vengo spesso a Londra da sola».

Mi lanciò un'occhiata dubbiosa. «Se per lei non è un problema...».

Annuii, e Luke entrò.

Aveva ragione a diffidare di me. "Spesso" era alquanto esagerato. Una volta ero venuta in città a cenare con Stan, il direttore del suo dipartimento e altri colleghi. Incoraggiata da quell'escursione, qualche settimana dopo avevo preso di nuovo il treno per fare una sorpresa a mio marito. La cosa lo aveva di certo lasciato di stucco, ma non ne era stato felice.

«Com'è andata?», domandai a Luke, quando qualche istante dopo riemerse dall'edificio.

«Charles è un avvocato. Lavora per Marshall e Reynolds al terzo piano».

«Che cosa facciamo adesso?».

Luke guardò oltre le mie spalle. «C'è una caffetteria dall'altra parte della strada. Vogliamo sederci lì e aspettare di vedere cosa farà all'ora di pranzo?»

«Passeranno ore prima che esca per il pranzo».

«Non siamo stati bravi a mettere a punto il piano, vero?».

Risi. «Per niente».

«Signora Miller», indicò la caffetteria di fronte, «mi permetta di offrirle una tazza di tè. Una tazza di vero tè, con tutto lo zucchero che le va».

Che proposta celestiale. Non impiegai molto a dare la mia risposta. «Ne sarei felice. Grazie, vicario».

Individuammo un attraversamento pedonale e ci affrettammo a passare dall'altra parte della strada. Mi tenne aperta la porta della caffetteria. Quando fummo al tavolo, si rivolse a me con un'espressione seria. «Potremmo chiamarci con i nostri nomi di battesimo, mentre siamo lontani dal villaggio? Mi sembra così strano chiamarla "signora Miller", anche se ci conosciamo solo da pochi giorni».

«Non ci vedo niente di male», concordai.

Una cameriera si avvicinò a noi con un sorriso radioso. «Che cosa posso portarvi?»

«Cosa prende, Martha?».

Gli occhi di Luke brillarono quando pronunciò il mio nome. Per un attimo mi scordai come si faceva a parlare. Mi schiarii la gola, mettendo da parte i dubbi sul nostro rapporto non del tutto corretto. «Vorrei una tazza di tè e una focaccina al formaggio, per favore».

«Lo stesso per me, grazie».

La cameriera ci rivolse un leggero inchino. «Perfetto. Signore, signora...».

Era sbagliato fingere, mentre eravamo in quella caffetteria, di non essere la signora Martha Miller del Tulip Cottage e il reverendo Luke Walker della parrocchia di Westleham? Potevo sognare di essere semplicemente una normale signorina e che lui fosse uno splendido uomo che voleva conoscermi meglio?

La porta si aprì alle spalle di Luke, e un uomo che riconobbi vagamente entrò nel locale. «Signora Miller? Martha Miller, è lei?».

Luke mi guardò con circospezione. «Chi è?».

Non ebbi il tempo di rispondere al suo sussurro interrogativo, perché lo sconosciuto si avvicinò al nostro tavolo. «Salve».

«Sì, è lei!». Mi salutò con un sorriso, come se fossimo due cari amici che si erano persi di vista. Dal canto mio, faticai a collocare il suo volto e a evocare il suo nome dal profondo della mia memoria. «È passato... santo cielo! Quanto tempo è passato?»

«Un bel po'», mormorai.

«Ci siamo visti per l'ultima volta a quella cena». Fece un goffo colpo di tosse. «Le uscite di lavoro sono sempre così noiose, ma non ci si può tirare indietro».

Non riuscivo ancora a rammentare il suo nome, ma mi aveva detto abbastanza: era uno dei colleghi di Stan.

«Il cibo era piuttosto delizioso», commentai con sincerità, mentre cercavo freneticamente qualcos'altro da dire che non mi facesse sembrare una completa idiota.

«Le dispiace se mi unisco a voi?». Rivolse la domanda a Luke.

«Certo che no». Luke indicò la sedia libera. «Prego. Io sono il vicario del villaggio della signora Miller, Luke Walker».

«Piacere di conoscerla, vicario». L'uomo in abito elegante strinse la mano a Luke. «Gilbert Newberry. Lavoravo con il marito della signora Miller in banca prima che...».

Mi guardò con un'angoscia evidente negli occhi. «Prima che Stan scomparisse. Va tutto bene, signor Newberry. Il vicario è al corrente dell'improvvisa sparizione di Stan. A dire il vero, è proprio per questo che siamo venuti in città oggi».

«Ah, sì?». Gilbert Newberry mi guardò accigliato. «A quale scopo?»

«Speravo di potere parlare con gli ex colleghi di Stan», dichiarò Luke. «Mi risulta che la polizia non sia riuscita a scoprire il motivo della sua scomparsa improvvisa. Ho pensato che forse i suoi amici si sarebbero aperti con me».

«Perché è un vicario?»

«Precisamente».

«Lei sa qualcosa, signor Newberry?», domandai, perché all'improvviso, dopo tanto tempo nell'ignoranza, volevo a tutti i costi svelare il mistero della scomparsa di mio marito. Ruby aveva ragione. Ero stata infelice abbastanza a lungo. Era ormai tempo di riprendere il controllo della mia miserabile vita.

La cameriera tornò con le nostre ordinazioni e prese quella del signor Newberry, che aspettò che lei se ne andasse prima di parlare. «Solo quello che ho detto alla polizia».

«Vale a dire?».

Gilbert si mosse a disagio sulla sedia e infilò un dito dentro il colletto della camicia. «È sicura di volerlo sapere?»

«Sì, certo», risposi con un tono più determinato di quanto potessi sperare. «Temo che la polizia mi abbia riferito ben poco».

«Stan era alquanto strano nelle settimane precedenti la sua scomparsa». Gilbert guardò Luke, che gli rivolse un leggero cenno di incoraggiamento. «A me non ha detto niente, ma ho saputo da un altro collega che aveva intenzione di trasferirsi a Brighton».

«Brighton?», ripetei, sbattendo rapidamente le palpebre per schiarirmi la vista. Una cosa è credere a qualcosa per più di un anno, un'altra è scoprire di avere ragione e che il proprio marito aveva progettato la fuga e l'abbandono. Il dolore stava lottando con la rabbia per la supremazia della mia mente. Ero triste per il fallimento del mio matrimonio, ma anche furiosa per avere trascorso tanti anni accanto a un uomo che era scappato dalle sue responsabilità.

«Già». Gilbert arrossì e abbassò lo sguardo sul tavolo. «Mi dispiace molto, signora Miller. Immagino che sia uno shock per lei. La polizia non l'ha avvertita?»

«No, non l'ha fatto», affermai. «Non capisco perché mi abbiano tenuto nascosta un'informazione così importante».

«Forse pensavano che l'avrebbe turbata sapere che aveva programmato la sua fuga».

«Mi turba di più il fatto che quasi tutti i miei compaesani pensino che sia colpa mia se Stan non è più tornato a casa». Avevo le guance in fiamme per l'imbarazzo. «Preferirei di gran lunga che conoscessero la verità».

«Be', ehm, capisco», balbettò Gilbert. «Dev'essere molto difficile per lei. Tuttavia, a quanto ne so, la polizia non è riuscita a rintracciare Stan a Brighton, quindi la pista si è raffreddata».

Bevvi un sorso di tè, poi sollevai il mento. «Ho ragione a pensare che ci sia un'altra donna coinvolta?»

«Non saprei», si affrettò a rispondere Gilbert. Troppo in fretta?

«A questo punto preferirei conoscere la verità».

«La signora Miller si trova in una situazione precaria a causa dell'abbandono del marito», dichiarò Luke. «È uno dei motivi per cui oggi speravamo di scoprire qualcosa in più».

«In che senso?»

«Il nome di Stan è l'unico sul conto corrente e sugli atti di proprietà della nostra casa», borbottai. Provavo un'enorme vergogna a parlare della mia mancanza di mezzi finanziari, ma mi costrinsi a continuare. «Sono stata costretta a prendere un'inquilina per poter far fronte ai pagamenti dovuti e alle bollette. È una continua lotta».

«Sono profondamente dispiaciuto di sentirglielo dire». Gilbert alzò lo sguardo quando la cameriera arrivò con la sua ordinazione. «Se fossi a conoscenza di altro, di sicuro glielo comunicherei. Personalmente non ho mai sentito parlare di un'altra donna, ma solo del fatto che Stan intendeva trasferirsi a Brighton. Temo che, dopo tutto questo tempo, non sia nemmeno in grado di ricordare da chi ho ottenuto una simile informazione».

«Posso venire in ufficio con lei?», domandò Luke. «La signora Miller le sarebbe molto grata».

Gilbert mi guardò in viso, che ero sicura fosse pallidissimo, e annuì. «Non so se ne ricaverà qualcosa di utile, ma sono felice di darle una mano».

Spinsi il mio piatto verso Luke. «Ho perso l'appetito. Finisca lei la mia focaccina».

Luke sorrise con aria colpevole. «La signora Miller conosce la mia predilezione per tutti i prodotti da forno. Non sono in grado di dire no».

«Suppongo che le signore del villaggio si presentino alla canonica con focaccine, torte e simili». Gilbert sorrise con l'aria di chi sa il fatto suo.

«Mi sono trasferito a Westleham da poco», lo informò Luke, «ma di solito è ciò che capita, quando si è nuovi in una parrocchia».

Gilbert ci osservò con curiosità, e a ragione. Per essere un vicario, Luke sapeva molto su di me e sulla mia situazione. Se trovò strano che mi stesse aiutando, non lo diede a vedere.

Più tardi, Luke e io ripercorremmo i nostri passi per tornare a Paddington. A quanto ne sapevamo, Charles non aveva lasciato l'edificio nemmeno per pranzare.

Gilbert aveva accompagnato Luke in banca e gli aveva presentato diversi ex colleghi di Stan. La persona che aveva diffuso la voce del trasferimento di Stan a Brighton non lavorava più in banca. Luke mi assicurò che si trattava di un uomo e che nessuno aveva i suoi recapiti. Eravamo finiti in un frustrante vicolo cieco, ma purtroppo non disponevo del denaro necessario per assumere un investigatore privato e rintracciare Stan o il suo collega.

Quando Charles Warren riemerse alla fine della sua giornata lavorativa, Luke e io lo seguimmo per un po' a debita distanza, senza scorgere nulla di strano. Il vedovo era andato al lavoro e ora stava tornando a casa. Se aveva un'altra donna, non ce n'era traccia.

Viaggiammo sul treno separatamente, nel caso in cui qualcuno del villaggio fosse salito a bordo. Ruby sarebbe rincasata con quello successivo, ma ciò non mi impedì di guardare fuori dal finestrino alla stazione di Slough, nella vana speranza di vedere lei o l'uomo che l'aveva avvicinata quella mattina. Ero decisa a chiederle di lui non appena fosse tornata a casa.

A Westleham, guardai Luke scendere dal treno e camminare a grandi passi. Charles Warren scese prima di me a testa bassa. Forse io e Luke avremmo potuto evitare tutta quella circospezione, perché Charles era così assorto nei suoi pensieri da non accorgersi se il re Giorgio in persona gli fosse passato accanto.

«Non possiamo seguirlo per strada», sussurrai a Luke vicino alla biglietteria. «Qualcuno ci vedrà insieme o capiranno che lo stiamo pedinando».

«Andrò all'ufficio postale ed entrerò nella cabina telefonica, come se dovessi fare una telefonata. Lei torni pure a casa. Così saremo in grado di intercettare Charles ovunque vada».

«Andrà di sicuro dritto a casa», dichiarai. «Guardi quel pover'uomo. Riesce a malapena a tenere la testa alta. È esausto».

Aspettammo in disparte vicino alla stazione ferroviaria, finché Charles e gli altri viaggiatori non raggiunsero la fine del sentiero che portava alla strada principale di Westleham. Io lo seguii per prima e, con mio grande stupore, Charles non svoltò a destra verso casa sua.

Quando raggiunse la chiesa, girò intorno al grazioso edificio in pietra bianca. Con il cuore in gola, capii la sua destinazione. Sbirciando oltre il muro di cinta del cimitero, vidi Charles accasciato al suolo accanto a un cumulo di terra appena scavato.

Dal momento che l'autopsia era ancora in corso, il corpo di Alice non era stato rilasciato per la sepoltura. (Peter Cameron, che lavorava come manovale oltre che come becchino, doveva essere particolarmente a corto di lavoro quella settimana, per avere completato la fossa con così tanto anticipo). Non potendo fare visita al corpo della moglie,

Charles aveva scelto di recarsi in quello che sarebbe stato il suo luogo di riposo.

I suoi singhiozzi mi giunsero alle orecchie e, sentendomi un'intrusa, mi affrettai a riprendere il sentiero di casa.

Non feci in tempo a raggiungere il mio cancello che Maud mi raggiunse di corsa. «Signora Miller! Dove diavolo è stata tutto il giorno?»

«Io... ehm...». Stavo per dirle che ero andata in città a fare shopping, ma era una palese bugia, dal momento che non avevo con me altro al di fuori di una piccola borsetta. «Avevo delle faccende da sbrigare a Londra. Riguardavano Stan... cioè... il signor Miller».

«Eccellente. Mi fa piacere sentirlo. Oh, guardi, c'è il vicario. Ehilà!».

Rabbrividii quando salutò Luke con un tono che avrebbe potuto fermare il traffico. Lui le rivolse un cenno dall'altra parte della strada. «Buonasera, signora Burnett».

«Deve venire subito a casa della signora Miller!», gridò Maud.

Luke si affrettò a raggiungerci, indirizzandomi uno sguardo interrogativo. Mi strinsi nelle spalle per fargli capire che ignoravo il motivo dell'eccitazione della signora Burnett.

«Entriamo?»

«Sì, per favore», insistette Maud.

«C'è forse qualcosa che non va?». Cercai nella borsa la chiave della porta. Quella mattina mi era sembrato piuttosto strano chiudere l'ingresso a chiave, ma dopo la morte di Alice avevo deciso di stare più attenta. Stan sarebbe stato così orgoglioso di me.

«Sì», rispose Maud con urgenza. «È accaduta una cosa terribile».

Alla fine trovai la chiave, sbloccai la serratura e aprii la porta. Lizzie si precipitò a salutarci. Non essendo abituata a stare da sola tutto il giorno, e vedendo tre persone insieme, era eccitatissima.

«Dovrei portarla fuori», annunciai.

«Signora Miller», disse Maud con decisione, «insisto affinché si sieda al tavolo della cucina con il vicario, mentre io vi informo dei fatti avvenuti in vostra assenza».

Le mie guance si infiammarono. Eravamo stati individuati nonostante le nostre attenzioni? Il vescovo si era presentato al villaggio per castigare Luke per la sua morale lassista? Mi accomodai su una sedia senza mettere il bollitore sul fuoco. Non volevo prolungare la permanenza della signora Burnett.

«Che cosa c'è che non va, signora Burnett?», domandò Luke con calma. Come faceva a essere così rilassato, quando io avevo l'impressione che il mondo stesse per crollarmi addosso?

«Si tratta della signora Harrington». Maud fece una pausa drammatica.

«Sì?»

«È morta».

«Morta?». Mi appoggiai allo schienale, mentre fissavo Luke. Aveva un'espressione di shock identica alla mia.

«Proprio così», disse Maud. «Morta stecchita».

«Che terribile tragedia». Luke scosse la testa. Per una volta perse la sua proverbiale compostezza, e vagò con lo sguardo per la cucina, come se stesse cercando qualcosa di appropriato da dire, prima di puntarlo sulla signora Burnett. «Il signor Harrington sarà devastato. Santo cielo, quei poveri bambini».

«La madre della signora Harrington è già venuta a prenderli per portarli a casa sua. A quanto pare, il signor Harrington è piuttosto inconsolabile». Maud era felice di poterci trasmettere le ultime notizie.

«Si sa com'è successo?»

«Be', come ben saprete, non sono una che dà fiato ai pettegolezzi». Maud si chinò in avanti, apparentemente del tutto ignara dell'ironia della sua affermazione. «Ma sono stata informata dalla signora Felton, che com'è noto è una buona amica della donna delle pulizie del dottore, che è stata avvelenata con le bustine che il medico le dava per aiutarla a dormire. Quel detective piuttosto attraente ha interrogato il dottor Briggs per tutto il pomeriggio».

«Avvelenata?», domandai in un tono secco.

«Che situazione terribile», commentò Luke, poi spostò lo sguardo da me alla signora Burnett, come se facesse fatica a elaborare quanto Maud ci aveva appena raccontato.

«Vi siete persi tutta l'azione», si lamentò Maud, come se il villaggio fosse un cinema e noi fossimo usciti durante la parte migliore del film.

«È possibile che la signora Harrington sia stata avvelenata con lo stesso metodo della signora Warren?»

«Due avvelenamenti fanno pensare che sia piuttosto probabile».

Ne fui subito sollevata. Se Elsie era morta nello stesso modo di Alice, io non ero più la principale sospettata, giusto? Mi vergognai, quando mi resi conto che stavo badando di più ai miei interessi personali che ad altro.

«Devo subito andare a casa degli Harrington». Luke scattò in piedi e uscì di corsa.

«Neanch'io posso trattenermi, signora Miller». Maud si mosse con molta più velocità di quanto ci si aspetterebbe da una donna della sua età.

Camminai meccanicamente verso la porta sul retro per fare uscire Lizzie. Mi sedetti sul gradino posteriore, mentre il mio cane scorrazzava allegro per il giardino, fermandosi ogni due passi ad annusare l'erba.

Che cosa significava? La signora Warren e la signora Harrington erano morte, a quanto pareva per avvelenamento. C'era un assassino professionista nel villaggio? E se le cose stavano così, chi sarebbe stata la sua prossima vittima?

9

Non avevo ancora avuto il tempo di riflettere con calma sull'accaduto, quando qualcuno si mise a bussare in modo piuttosto minaccioso alla mia porta. Non ebbi dubbi che si trattasse dell'ispettore Robertson: di sicuro voleva sapere se ero in possesso di un alibi.

L'indecisione rallentò i miei passi, mentre lasciavo Lizzie in giardino e mi dirigevo verso l'ingresso. Aprii la porta, e i miei timori si concretizzarono. Trovai il detective in piedi sulla soglia con due agenti in uniforme.

«Buonasera, ispettore».

«Signora Miller». Sollevò il cappello in segno di saluto. «Possiamo entrare?».

Annuii e mi spostai per farli passare. Tenendo la testa bassa, chiusi la porta alle loro spalle. Non ebbi bisogno di guardare fuori per capire che ero di nuovo sulla bocca di tutti. Per mesi, dopo la scomparsa di Stan, ero stata la stranezza del villaggio. Nei pittoreschi paesini inglesi, le mogli non venivano abbandonate all'improvviso dal marito né tantomeno trasformavano il prato in un orto. Se durante la guerra era giudicato accettabile che mi guadagnassi da vivere con la terra, in tempo di pace era disapprovato. Desideravo essere invisibile e passare inosservata come durante il mio matrimonio con Stan.

Dopo averli condotti in salotto, mi accomodai sulla mia solita poltrona vicino alla finestra. «In che modo posso aiutarvi?».

Che domanda ridicola. Era ovvio per quale motivo l'ispettore si fosse presentato a casa mia con due agenti in uniforme: aveva intenzione di arrestarmi. Cercando di non lasciare trapelare la mia paura, appoggiai le mani in grembo per mascherarne il tremore.

«Dov'è stata oggi?»

«A fare shopping a Londra». La bugia mi sfuggì di bocca senza che potessi riflettere.

«Signora Miller», disse il detective con una pazienza esagerata, «l'ho vista camminare per strada. Ha fatto una strana deviazione verso il retro della chiesa e poi si è diretta qui. Non portava con sé alcuna borsa».

«Non ho trovato niente da comprare».

Inarcò un sopracciglio. «Non c'era nulla di suo gradimento nei negozi di Londra?»

«Non è quello che ho detto», precisai, recuperando un po' di sicurezza, mentre davo forma alla mia bugia. «C'erano molte cose che mi piacevano, ma non potevo permettermele».

«Mi sta dicendo che ha preso un treno fino a Londra per ammirare delle cose che non può permettersi?»

«Proprio così».

«Forse allora ricorderà i nomi dei negozi in cui ha ammirato le cose che non può permettersi». Il suo tono tagliente mi fece capire che non era un idiota. Uno dei due agenti ridacchiò, e io desiderai essere abbastanza intelligente da avere ideato un motivo più plausibile per la mia gita fuori porta.

Non potevo ammettere di essere stata tutto il giorno con il vicario. Non era proprio il caso. Non volevo coinvolgerlo nel pasticcio in cui mi trovavo, non più di quanto non lo fosse già. Né avevo intenzione di esternare la mia umiliazione, rivelando che Stan aveva progettato di abbandonarmi e di fuggire a Brighton.

«Temo di no». Sorrisi per mascherare il mio crescente disagio. «Mi sono divertita così tanto a curiosare che non ho prestato attenzione ai nomi dei negozi in cui sono entrata».

«Ciò la pone in una situazione problematica, signora Miller».

«Davvero? In che senso?»

«Mentre era via, c'è stato un altro omicidio in paese».

Se mi aveva vista pedinare Charles Warren fino alla chiesa, sapeva pure che Maud mi aveva fatto visita non appena ero tornata. Passai alla verità. «Ho saputo della terribile notizia».

«Essendo una donna intelligente, sono certo che lei capirà che devo verificare l'alibi di tutti, soprattutto il suo, visto che, a quanto mi è stato riferito, sabato è stata aggredita verbalmente dalla signora Harrington».

«Di sicuro sarebbe un valido movente, se fossi io la vittima».

«Ottima osservazione». Inclinò la testa, ma prima che io potessi godermi quella piccola vittoria, si illuminò. «Peccato che lei non sia morta e io non stia interrogando la signora Harrington».

«Già, l'avevo notato». Scattai in piedi. «Perdonatemi. Dove sono le mie buone maniere? Preparo del tè? Chi...».

«Si sieda, signora Miller».

Crollai sulla sedia con un brivido di terrore che mi attraversò tutta la schiena, facendomi rizzare i peli sulla nuca. «Direi che abbiamo stabilito che lei non possiede un alibi. Mi può spiegare come mai la signora Harrington teneva una bottiglia del suo gin alle prugne sul comodino?».

Sbattei le palpebre. Il mio gin alle prugne? Nessun alibi?

Be', non era affatto vero. Io *avevo* un alibi, solo che non volevo mettere Luke in imbarazzo o in una situazione difficile, ammettendo che avevamo trascorso la giornata insieme a Londra. Anche se la nostra missione era perfettamente lecita, volevo proteggere la reputazione del vicario e la mia. Purtroppo non ero in grado di spiegare in modo soddisfacente, e senza coinvolgere Luke, per quale motivo non ero l'assassina di Elsie. Sapevo meglio di chiunque altro come ci si sentiva quando la propria reputazione finiva sulla bocca di tutti. Non volevo proprio che il vicario subisse la mia stessa sorte.

Per quanto riguardava il gin, provai a riflettere. Avevo donato un bel po' di bottiglie alla fiera del villaggio e, naturalmente, Joe Noble le aveva vendute al pub. Pensai che non fosse il caso di puntare il dito contro Joe, dal momento che mi aveva confessato che Elsie beveva. «Forse se n'è portata a casa una dalla fiera».

«Perché mai avrebbe dovuto farlo, dopo avere visto morire la signora Warren?»

«Be', se l'aveva comprata da qualche parte prima della fiera, per quale motivo non se n'è sbarazzata quando è venuto fuori che poteva avere causato la morte della signora Warren?». Sollevai il mento. «Devo presumere che il mio gin alle prugne c'entri anche con la sua morte? Mi è stato riferito che è deceduta a causa di un calmante».

«Eravamo convinti che il bicchiere di liquido chiaro accanto al letto contenesse dell'acqua e che l'avesse usato per assumere la bustina per dormire, poi però abbiamo trovato una bottiglia del suo gin».

«Quindi c'era dell'acqua nel bicchiere?». Socchiusi gli occhi, mentre la rabbia prendeva il sopravvento sulla paura. «Perché è qui a interrogarmi se non sa con esattezza che cosa l'abbia uccisa?»

«Sono certo che comprenderà la necessità di raccogliere tutte le prove in questa fase iniziale. Il bicchiere trovato a casa della signora Harrington, così come quello usato dalla signora Warren, saranno presto analizzati per verificare la presenza di veleno».

«Ma è ridicolo!». Il vortice di emozioni, che avevo cercato di tenere a bada per tutto il giorno, ebbe la meglio. «Come osa insinuare che il mio gin abbia a che fare con una delle due morti? In tanti lo hanno bevuto alla fiera senza riportare alcun effetto negativo. Per quanto riguarda la bottiglia vicino al letto della signora Harrington, è possibile che una volta contenesse il mio gin, ma chi può dire che cosa sia stato messo dentro dopo? Lei sa benissimo che non piacevo alla signora Harrington. Quindi, la prego di illustrarmi come avrei fatto a introdurmi in casa sua, per non parlare della sua camera da letto, e versare il veleno nella bottiglia».

«Come ho detto, siamo nelle fasi iniziali della raccolta delle prove». Parlò con una voce calma e ragionata, cosa che mi frustrò ancor di più.

«Invece di starsene qui a insultare me e il mio gin alle prugne, perché non va là fuori a interrogare George Felton?», sbottai. «Presumo che abbia ricevuto il messaggio che le ho lasciato».

«Quale messaggio?»

«Per l'amor del cielo!», esplosi. «Non sono qui a fare il suo lavoro».

«Può spiegarsi?». Puntò gli occhi marroni prima su di me e poi sugli agenti alla sua sinistra. Il modo in cui si aggrappò al bracciolo del divano mi fece intendere che era sul punto di perdere le staffe. Speravo che ce l'avesse con i suoi colleghi e non con me. Emanava una tensione tale da incuriosirmi e terrorizzarmi in egual misura.

«Le ho lasciato un messaggio riguardo le prove che ho raccolto su George Felton, l'uomo che abita di fronte a me». Indicai la finestra alla mia sinistra. «Credo che sia il vandalo degli orti del villaggio».

«Con tutto il rispetto, signora Miller», l'ispettore Robertson contrasse la bocca come se stesse cercando di trattenere una risata, «io sto indagando su due omicidi.

Gli atti di vandalismo non rientrano tra i miei interessi al momento».

«Be', dovrebbero, e le dimostrerò perché». Presi il cestino del lavoro a maglia accanto alla mia poltrona e vi frugai dentro. Avevo nascosto lì gli appunti della riunione della commissione che riguardavano George. Anche se avevo chiuso la porta a chiave, avevo preferito non lasciare nulla al caso, occultando i documenti in un posto dove speravo nessuno avrebbe pensato di guardare. «Il giorno dopo la fiera mi sono recata dalla signora Leaming a vedere chi avesse vinto i premi. Sono rimasta stupita di scoprire che George era stato premiato per le sue fave, perché all'inizio dell'anno si era lamentato del fatto che quello specifico ortaggio era stato distrutto dal vandalo».

Il detective si sporse in avanti, chiaramente interessato. «Continui».

«Il signor Warren mi ha consegnato i documenti del comitato conservati dalla moglie. Grazie al verbale della riunione di maggio, ho potuto comprovare che George aveva in effetti dichiarato che le sue fave erano state rovinate».

«La signora Warren poteva esserne a conoscenza?»

«Aveva in casa il documento che attestava la menzogna. Io mi sono ricordata della sua falsa dichiarazione, quindi potrebbe averlo fatto anche lei. Forse è andata a parlare con George e l'ha minacciato di rivelare la bugia alla fiera e di assegnare il premio a qualcun altro, e così lui l'ha uccisa per metterla a tacere. Non saprei. Come ha già sottolineato, spetta a lei indagare sui crimini».

Lui sbatté le palpebre, mentre la mia frecciatina andava a segno. «È a conoscenza di un qualche legame tra George e la signora Harrington?»

«È il giardiniere degli Harrington. Anche se lavora all'esterno, sono certa che abbia accesso alla casa. Se è vero, come si dice in giro, che la signora Harrington amasse bere, questo spiegherebbe il gin accanto al suo letto. Forse George era a conoscenza della sua predilezione per l'alcol e sapeva di poterla sfruttare nel mettere a segno l'assassinio».

«Per quale motivo l'avrebbe uccisa?»

«Lo ignoro, ispettore. Magari può scoprire il movente senza il mio aiuto».

Sul suo volto affiorò un sorriso, che esaltava il suo bell'aspetto. «Indagherò sul signor Felton». Mi puntò un dito contro. «Ma non si consideri fuori dai guai».

Dopo avere accompagnato i poliziotti alla porta, tornai in giardino. Lizzie corse da me per farsi accarezzare. Sebbene fossi sollevata di essere riuscita a non ammettere di avere trascorso la giornata con il vicario, ero tremendamente preoccupata per il fatto che qualcuno stesse usando il mio gin alle prugne per avvelenare gli abitanti del villaggio. Era sconcertante pensare che c'era una persona che mi odiava a tal punto da incastrarmi per due omicidi.

«Lo so, tesoro». Accarezzai la testa di Lizzie. «Un'altra persona è morta e il mio gin era lì. Che pasticcio immane».

Poco dopo, Ruby piombò in cucina. «Martha! Non ci crederai mai! Ho appena visto George Felton che veniva portato via in un'auto della polizia!».

«Hai saputo l'ultima?»

«Sull'orrida Harrington?»

«Ruby!».

Allargò le braccia. «Be', era alquanto orribile, Martha».

«Sì, è stata piuttosto scortese con me», convenni, «ma sono certa che non meritasse di morire».

«Chi può dirlo? Forse ha fatto un dispetto all'assassino e lui l'ha ammazzata».

«Lui?»

«Si tratta quasi sempre di un lui, non è così?»

«Sì, suppongo di sì». Aprii il frigorifero. «Purtroppo stasera abbiamo solo insalata, Ruby. Non ho avuto tempo di preparare nulla dopo il mio rientro dalla città».

Lei scrollò le spalle. «Non è un problema. Fa caldo e non ho molta fame».

«Posso chiederti una cosa?»

«Quello che vuoi, Martha, ma non ti garantisco che risponderò, non finché non saprò di che cosa si tratta».

Presi fiato, poi mi affrettai a parlare prima di cambiare idea e di domandarle qualcosa di innocuo. «Chi era quell'uomo con cui ti ho vista stamattina?».

Mi guardò in preda alla colpevolezza, prima di abbassare lo sguardo sulle sue unghie. «Quale uomo?»

«Quello alla stazione di Slough. Ti ha afferrata per il braccio». Trattenni il respiro. Il nostro rapporto stava a poco a poco migliorando e non volevo fare infuriare Ruby con la mia domanda, ma dovevo sapere. Non mi era affatto piaciuto il modo in cui l'aveva toccata.

«Oh, lui». Scalciò via le scarpe. «Non è nessuno».

«Non mi è piaciuto il suo comportamento».

«È per lo più innocuo».

«Per lo più? Ruby, io…».

«Non preoccuparti. Ho la situazione sotto controllo». Raccolse le scarpe e si diresse verso la porta. Vado a cambiarmi. Davvero, Martha, è tutto a posto».

La sua riluttanza a dirmi il nome di quell'uomo mi fece capire che non era affatto tutto a posto. Potevo solo sperare che Ruby sapesse che cosa stava facendo.

Il giorno dopo, mi recai al pub poco prima dell'apertura. Volevo sapere da Joe Noble cosa ne aveva fatto delle bottiglie rimaste dopo la fiera. Dovevano esserne avanzate alcune, visto che i festeggiamenti si erano conclusi in modo così brusco.

Feci il giro sul retro. Florence stava stendendo il bucato nel piccolo cortile. «Oh, signora Miller, buongiorno».

«Buongiorno, Florence. Posso parlare con tuo padre, per favore?»

«Non è mica venuta a raccontargli del mio… sa, segreto?»

«Certo che no», la rassicurai. «Ti ho garantito che non l'avrei fatto».

«Vado a chiamarlo». Sorrise, ma si fermò sulla soglia. «Alla mamma non piacerà sapere che si perde in chiacchiere, quando invece dovrebbe badare al pub».

«Sarò veloce, lo prometto».

Joe apparve insieme alla figlia. «Che cosa c'è, signora Miller? Sono molto occupato».

«Quand'è stata l'ultima volta che ha ricevuto una visita dal birrificio?». Per tutta la notte avevo cercato il modo migliore per affrontare l'argomento della vendita illegale di alcolici con il signor Noble e, alla fine, avevo deciso di essere diretta.

Le sue gote si arrossarono. «È passato un po' di tempo».

«Tiene la cantina chiusa a chiave, quando vengono a ispezionare il suo pub?». Mi sfregai il mento. «O è il loro pub? Non so come funzionano certe cose».

«In realtà, signora Miller», disse Joe, contenendo la sua irritazione, «ho la sensazione che lei sappia perfettamente come funzionano le cose. Perché non sputa il rospo e non mi comunica il vero motivo della sua visita?»

«Nonostante quello che mi ha fatto credere, il birrificio non le ha dato il permesso di vendere le mie bottiglie di gin, dico bene?»

«Cosa glielo fa pensare?»

«In caso contrario, avrebbe informato il detective che è stato lei a vendere la bottiglia del mio gin trovata nella camera da letto della signora Harrington. È per questo che sapeva che le piaceva bere, giusto? Perché le ha venduto il mio gin».

«Sono convinto che possiamo trovare un accordo». Abbassò la voce, il suo tono non era più infastidito, ma lusinghiero e anche un po' piagnucoloso. «Non c'è bisogno che qualcun altro lo venga a sapere, soprattutto mia moglie».

«Dovrà fare in modo che ne valga la pena». Incrociai le braccia sul petto. «Se in tutti questi mesi non ha versato niente al birrificio, allora lei mi ha pagato una miseria e si è intascato tutti i profitti».

«Non è così semplice».

«Faccia in modo che lo sia», replicai. «Non vorrà mica che chiami l'ispettore per illustrargli in che modo la signora Harrington sia entrata in possesso di una bottiglia del mio gin, vero? A meno che, ovviamente, lei non l'abbia avvelenata prima di vendergliela».

«Che motivo avevo di uccidere la signora Harrington?», chiese indignato, con il volto sconvolto dalla mia improvvisa accusa.

Allargai le braccia. «E io che motivo avevo?»

«L'hanno sentita tutti inveire contro di lei dopo la morte della signora Warren».

«Se facessi fuori tutti quelli che sono stati scortesi con me almeno una volta, non rimarrebbe più nessuno in questo villaggio», ribattei.

Lui rise. «È vero. La gente è piuttosto scortese con lei, e tutto perché suo marito è fuggito con una scostumata».

«Che ne sai lei?», gli chiesi in tono brusco.

«Ho sentito che i poliziotti ne parlavano». Spostò il peso da un piede all'altro. «Il detective ha detto che gli abitanti del villaggio sono vendicativi. Insinuano che lei abbia ammazzato Stan, quando in realtà è lampante che…».

Alzai una mano. «Credo che una volta possa bastare. Non voglio sentirlo di nuovo».

«Mi dispiace». Piegò la testa. «Per quello che vale, suo marito era un uomo scorbutico e ottuso, che non era in grado di riconoscere una cosa buona neanche quando ce l'aveva sotto il naso».

«La ringrazio, signor Noble. È molto gentile da parte sua». Sorrisi, piacevolmente colpita dalle parole del proprietario del pub. Mi ero crogiolata così tanto nella mia sofferenza da non accorgermi che non tutti gli abitanti del villaggio la pensavano come Ada Garrett? «Ora, cosa facciamo con i soldi che mi deve?»

«Si rende conto del pasticcio in cui mi trovo con mia moglie?»

«E lei si rende conto della situazione economica in cui verso io?». Appoggiai una mano sul fianco. «Non voglio metterla in difficoltà, ma tutto il villaggio sa delle mie difficoltà finanziarie. Le propongo un accordo».

«Un accordo?». Sembrava dubbioso, ma io ero decisa. Avevo trovato un modo per deviare i sospetti del detective da me e ottenere i soldi che Joe mi doveva.

«Mi assicurerò che l'ispettore non informi il birrificio del suo piccolo piano per fare soldi».

«In cambio di cosa?»

«In cambio, lei gli dirà che ha venduto alla signora Harrington la bottiglia di gin e mi pagherà il dovuto. E lo farà oggi stesso».

«A me pare un ricatto bello e buono». Si passò una mano tra i capelli radi. «Non sono sicuro che mi piaccia».

«Be', a me non piace che lei si approfitti della mia buona natura. Mi sono fidata di lei, quando mi ha riferito che il birrificio aveva autorizzato la vendita del mio gin nel suo pub. L'ho pure ringraziata!».

«Vedrò cosa posso fare».

«Non è abbastanza», sbottai. «La smetta di approfittarsi di me, altrimenti andrò io stessa al birrificio».

Me ne andai via. Ruby sarebbe stata orgogliosa di me. La piccola topolina Martha Miller stava imparando a farsi valere!

Mi augurai che Joe mi versasse presto i soldi che mi doveva, perché avevo intenzione di proporre a Ruby di andare in città a vedere un film nel fine settimana.

La mia unica paura era: e se Joe aveva ucciso entrambe le vittime? In questo caso, avevo appena fatto arrabbiare un assassino. Scossi la testa. Era un'assurdità. Joe non aveva alcun motivo di fare fuori Alice ed Elsie. O forse sì?

10

Dopo pranzo, nonostante il caldo soffocante della bella giornata estiva, sistemai un po' il mio giardino trascurato. Lizzie si sdraiò all'ombra dell'enorme melo.

«Non riesco a raccapezzarmi». Estirpai un'erbaccia particolarmente ostinata che era cresciuta in mezzo alla fila ordinata di barbabietole. «Non credo che George le abbia uccise. So che la polizia lo ha arrestato e ne comprendo il motivo, ma malgrado sia stato aggressivo nei miei confronti, non credo che sia un assassino».

Lizzie socchiuse un occhio, come se percepisse il mio sguardo, poi agitò la coda e serrò di nuovo le palpebre.

«Non mi sei affatto d'aiuto. Non fai altro che startene lì a dormire. Ho bisogno di qualcuno che esamini con me quello che so. Mettendo insieme due teste, potrei arrivare a una risposta».

«Signora Miller». Maud fece capolino da dietro la siepe che separava i nostri giardini. «Lo sa che quel cane non può risponderle, vero?».

Ingoiai il mio imbarazzo. «Mi piace parlare con lei».

«Dovrebbe passare più tempo con gli esseri umani». Maud mi puntò un dito contro. «Ha sistemato le cose in città? Riguardo a suo marito? Dovrebbe davvero sforzarsi di vestirsi un po' meglio. Come ha fatto per la fiera. La cura del proprio aspetto è il modo più efficace per catturare un uomo».

«Non sono mai stata una che passa ore davanti allo specchio», dichiarai. «E sono lo stesso riuscita a procurarmi un marito».

«E guardi com'è andata a finire».

Avrei voluto fare la moglie fedele e dire qualcosa di carino su Stan. Purtroppo, mi era impossibile pensare a qualcosa di positivo su di lui o sul nostro matrimonio.

«Ho visto come la guardava il vicario sabato. Chi avrebbe mai pensato che nascondesse delle gambe così belle sotto quei vestiti orribili che indossa di solito?».

Non ero sicura di quale fosse la risposta più adeguata alle sue parole. Sapevo che Maud notava assolutamente tutto, non le sfuggiva mai nulla, tuttavia mi metteva a disagio il fatto che avesse osservato la mia figura in modo così approfondito.

«La ringrazio. È molto gentile a dirlo». Allungai un braccio per indicare il mio giardino. «Ora devo proprio andare».

«Oh, non si fermi per me». Maud non scomparve come speravo. «Che cosa ha scoperto l'adorabile vicario ieri a Londra?».

Dovevo stare attenta a quello che le avrei raccontato. Ripeteva sempre le mie parole, con abbellimenti vari, a tutti gli abitanti del villaggio, che fossero preoccupati o meno per me e per il mio matrimonio.

«Niente di significativo», risposi. «C'è l'ipotesi che Stan si sia trasferito a vivere a Brighton. A quanto pare, la polizia era già in possesso di questa informazione, ma non ha potuto verificarla, quindi temo non si possa fare altro».

«Allora deve rintracciarlo lei», dichiarò la mia vicina con un certo fervore. «Non può fermarsi ora. Deve assolutamente scoprire dove si trova, e poi recapitargli i documenti del divorzio».

«Temo non sia così facile. Per potere divorziare da Stan,

devo dimostrare che abbia commesso adulterio. O questo, o dobbiamo essere separati da tre anni». Tacqui inorridita. Perché mi stavo aprendo con lei? «E non sono nemmeno certa di volerlo fare».

«Sciocchezze senza senso! Perché mai vorebbe restare legata a quell'uomo?»

«Ci siamo sposati in chiesa», replicai sulla difensiva. «Credo fermamente nell'istituzione del matrimonio».

«Non potrei essere più d'accordo», affermò Maud, «ma solo quando si è sposati con la persona giusta. Penso che lei e il nuovo vicario formereste una coppia molto attraente».

«Signora Burnett! Anche se il vicario fosse interessato a me, cosa di cui dubito, la chiesa avrebbe sicuramente qualcosa da ridire su una nostra potenziale relazione». Non ero affatto a mio agio a parlare con la mia vicina di certe cose. Non avevo idea del modo in cui avrebbe distorto la nostra conversazione al resto del villaggio, ma ero certa che Maud avrebbe inserito imprecisioni e dettagli soltanto per rendere il tutto più salace.

Avevo davvero bisogno di trovarmi dei veri amici per non spifferare tutta la mia vita al mio cane o alla mia vicina ficcanaso.

Più tardi, quella sera, Ruby rincasò dal lavoro con un ospite inatteso.

«Buonasera, signora Miller. Volevo farle sapere a che punto sono le indagini», annunciò l'ispettore Robertson sulla soglia.

«Intende dire che vuole aggiornare mia sorella sulla ridicola teoria secondo cui avrebbe ucciso Alice ed Elsie?», domandò Ruby, mettendo una mano sul fianco e affrontando il detective nel piccolo ingresso.

«Ruby, possiamo almeno fare entrare il detective prima di aggredirlo?»

«Non se ha intenzione di ripetere quelle stupide accuse contro di te».

«Sua sorella si è rifiutata di fornirmi un alibi per il giorno in cui Elsie Harrington è stata uccisa, signorina Andrews».

«Oh, ma è presto detto». Quando il detective guardò Ruby con aria interrogativa, scossi in fretta la testa formando la parola "no" con le labbra. Naturalmente mia sorella ignorò i miei gesti frenetici. «Martha ha passato la giornata a Londra con il vicario».

«Perché non me l'ha detto subito?». L'ispettore mi esaminò con l'irritazione che offuscava il suo bel viso. Ruby si girò verso di me con uno sguardo altrettanto perplesso.

«Sono una donna sposata», risposi sulla difensiva. «Se la gente scoprisse che sono andata a Londra con il vicario, sarei l'oggetto di un flusso infinito di pettegolezzi».

«Signora Miller», disse il detective con una pazienza esagerata, «forse le è sfuggito il fatto che io non faccio parte della gente. Sono un detective della polizia. Non ho l'abitudine di raccogliere informazioni sui sospettati durante le mie indagini per poi ripeterle a chicchessia».

«Certo, capisco». Abbassai lo sguardo sul pavimento. «Luke, cioè il vicario, ha parlato con alcuni ex colleghi di Stan. Ho appreso una notizia sconvolgente, e per questo forse mi sono dimostrata un po' troppo riservata quando è venuto a interrogarmi dopo la morte di Elsie».

«A quale notizia sconvolgente si riferisce?».

Aveva parlato con tatto e il suo viso era molto espressivo: senza dubbio era già al corrente dell'informazione che avevo appreso. Inoltre, era alquanto evidente che fosse interessato a mia sorella. Evitava accuratamente di guardarla, eppure, ogni volta che lei apriva bocca, la punta delle sue orecchie diventava un po' rosa.

«A quanto pare, Stan ha progettato di trasferirsi a Brighton».

«Sì, l'ho letto nel suo dossier».

«Perché ha controllato il fascicolo sulla scomparsa di mio marito?». Cercai di non lasciare trapelare la mia infelicità. Era tutto così umiliante.

«Già, perché?», ribadì Ruby, facendo di nuovo diventare rosse le orecchie del detective. «E, soprattutto, come mai non ha informato mia sorella?».

L'ispettore Robertson si tolse il cappello e indicò la porta del salotto. «Possiamo sederci?»

«Muoio dalla voglia di ascoltare ciò che ha da dire». Ruby si diresse verso il soggiorno, si fermò sulla soglia, poi si voltò a guardare il detective.

Questi divenne più rosso della cabina telefonica fuori dall'ufficio postale. «Dove dovrei… cioè…».

«Detective?». Oh, come invidiavo la capacità di Ruby di ammutolire un uomo.

«Il mio cappello». Lo sollevò appena, per chiarire a che cosa si riferiva.

Indicai l'attaccapanni di fronte all'orologio a pendolo in ingresso. «Può appendere lì il suo cappello e la sua giacca».

«Certo».

«Posso offrirle un bicchiere d'acqua? Ha l'aria piuttosto stanca». Non era molto astuto da parte mia stuzzicare il detective, ma non potei farne a meno dopo il modo in cui mi aveva trattata, ovvero come la sospettata numero uno in ben due casi di omicidio. Per non parlare di quanto fosse terribile per me dovere affrontare per l'ennesima volta la questione della scomparsa di Stan.

«Grazie», disse, ricomponendosi. «È molto gentile da parte sua».

Andai in cucina, presi una caraffa di limonata e la misi sul vassoio insieme a tre bicchieri. Quando tornai in salotto, non avrei saputo dire chi dei due fosse più impacciato: se mia sorella, che era appollaiata in modo goffo al mio solito posto, o il detective, che stava fissando risolutamente davanti a sé, come se un solo sguardo nella direzione di Ruby avesse potuto provocargli una combustione spontanea.

«Ho della limonata fatta poc'anzi e appena tirata fuori dal frigorifero». Una frase davvero inutile, dato che qualsiasi sciocco era in grado di vedere ciò che avevo portato sul vassoio. Appoggiai il tutto sul tavolino davanti al detective. «Prego, si serva pure».

«Mia sorella fa un'ottima limonata», si vantò Ruby. «Suppongo che vorrà che la beviamo prima noi per accertarsi che non sia avvelenata».

«Non sarà necessario», disse lui in tono rigido. «Sono sicuro che sia buonissima».

«Ha detto che è venuto a riferirmi qualcosa?», domandai.

«Sì, ho pensato che volesse sapere che aveva ragione su George Felton. Ha confessato di essere il vandalo del villaggio».

Un piccolo brivido mi percorse la schiena. Una mia indagine era andata a buon fine. Ora non mi restava che scoprire l'assassino!

«Di che cosa l'ha accusato?»

«Danno criminale». Il detective si accigliò. «Non credo che gli verrà comminata una condanna particolarmente grave. Con ogni probabilità si tratterà di una multa e di un qualche tipo di servizio alla comunità».

«La vergogna per ciò che ha fatto sarà molto più grande di qualsiasi sanzione penale».

«Avete liberato quel pazzo?», chiese Ruby in preda alla rabbia.

«Sì, il signor Felton è tornato a casa con sua moglie».

Ruby si sporse in avanti per fissare il detective. «Che cosa sta facendo per tenere al sicuro le donne di questo villaggio?»

«Dal signor Felton?»

«Certo, dal signor Felton», sbottò lei.

«Il signor Felton ha un alibi per entrambe le morti».

«E lei crede alla sua parola?»

«Testimoni indipendenti hanno confermato quanto ci ha riferito il signor Felton».

«Può condividere con noi il suo alibi?», domandai. Il detective ignorava che le persone spesso mentono per tirarsi fuori da una situazione difficile?

«In un villaggio come questo, non credo che serva a qualcosa tenere segreto l'alibi del signor Felton. Sono certo che la maggior parte dei suoi compaesani sarà già al corrente che non era nel tendone prima della morte della signora Warren. Molti testimoni attestano che abbia trascorso la giornata in compagnia delle sue verdure e di un rifornimento di birra fresca. La mattina della morte della signora Harrington non era nemmeno in paese, ma a Slough, insieme a dei vecchi amici dell'esercito. Abbiamo raccolto diverse dichiarazioni che confermano la sua presenza al pranzo mensile tra ex commilitoni».

Ruby si appoggiò allo schienale. «Allora siamo al punto di partenza».

«Non ho mai pensato che George fosse l'assassino».

«Davvero? Come mai, signora Miller?»

«Penso che l'omicida sia una persona scaltra e piuttosto furba. George non è né l'uno né l'altro. È un uomo molto arrabbiato e non abbastanza intelligente da compiere quelli che io ritengo essere degli omicidi ben congegnati».

«Cosa le fa dire che sono ben congegnati?»

«Semplice», dissi, come se la risposta fosse ovvia, perché per me lo era. «Non abbiamo un solo indizio su chi sia il colpevole, nemmeno uno. Questo mi fa pensare che l'assassino sia molto subdolo e incredibilmente attento».

L'ispettore Robertson si scolò la limonata, incrociando le braccia sul petto. «Troverò il colpevole. Potete starne certe. Non importa quanto sia intelligente, subdolo o attento».

Dieci minuti dopo che il detective se n'era andato, bussarono di nuovo alla porta. Ruby scattò in piedi, ma io le indicai di restare seduta. «Ci penso io. Tu hai avuto una giornata impegnativa al lavoro. Va' a cambiarti mentre preparo la cena. Chiunque sia mi parlerà intanto che cucino».

Aprii la porta, aspettandomi di vedere Maud, desiderosa di scoprire quello che mi aveva detto il detective. Invece, sulla soglia trovai Luke. «Buonasera, vicario».

«Ho visto l'ispettore Robertson andare via poco fa».

«Temo che il suo radar per i pettegolezzi sia affinato quanto quello della signora Burnett».

Sorrise. «Non dice sul serio, vero?»

«È meglio che entri».

«Sicura che non la disturbo?»

«Venga di là in cucina. Stavo per mettermi a preparare la cena. Posso tentarla con una frittata di verdure?»

«È molto gentile da parte sua», arricciò il naso in segno di disgusto, «ma purtroppo la signora Felton mi ha lasciato una specie di stufato. Devo almeno provare a mangiarlo, altrimenti temo che mi denuncerà al vescovo».

«No che non lo farà».

«Si è lamentata del fatto che non sto consumando il suo cibo, e poi ha proseguito dicendo che, se i suoi sforzi non sono all'altezza dei miei standard, forse dovrei chiedere al vescovo di sostituirla».

«Oh, cielo». Mi misi il grembiule e lo legai dietro la schiena. «Quindi ora si sente in dovere di mangiare tutto quello che le mette davanti?»

«Sono nuovo qui. L'ultima cosa che voglio è che il vescovo venga a Westleham perché pensa che ci sia qualcosa di sbagliato nella parrocchia».

«Credo che il vescovo sarebbe sconvolto, se scoprisse che cos'è successo qui di recente». Dopo avere tirato fuori il tagliere, tolsi dal frigorifero peperoni, scalogni, pomodori e una zucchina. Poi presi la ciotola con le uova fresche nella credenza. «Non ho molto, ma ho uova e verdure fresche a sufficienza per tutti. Sicuro di non volere cambiare idea?»

«No, temo di dovere mangiare il cibo della signora Felton». Luke fece una smorfia. «Se devo essere sincero, ero così curioso di sapere che cosa volesse il detective che la cena mi è passata del tutto di mente. Ha forse scoperto qualcosa sul nostro piccolo e misterioso villaggio?».

Affettai un peperone rosso e tolsi i semi con un cucchiaio. «Curiosamente, oggi pomeriggio, prima che arrivasse l'ispettore Robertson, avevo in mente di riesaminare quello che sappiamo sulla morte di Alice ed Elsie. Sono contenta che lei sia qui perché forse, mettendo insieme le nostre teste, riusciremo a capire che cosa ci sfugge».

«Qual è la prima cosa che la lascia perplessa?»

«Il comportamento della signora Harrington dopo la morte di Alice. Non siamo mai state amiche, ma il suo atteggiamento nei miei confronti è stato alquanto insolito. Era una donna molto rigida, che non perdeva mai il controllo, soprattutto in pubblico. È stato un vero shock sentirla dare a Ruby e a me delle sgualdrine. Che brutta parola!».

«Però sappiamo cosa l'ha portata ad agire in quel modo, non è vero?», disse Luke. «Aveva bevuto troppo. Purtroppo molte persone si comportano male quando alzano un po' il gomito».

«Dovremmo essere cauti e non credere a tutto quel che ci viene detto, ma in questo caso i fatti sembrano essere corretti. Joe Noble ha ammesso che la signora Harrington si riforniva di alcolici da lui in tutta tranquillità. Teneva anche una bottiglia di gin in camera da letto. Non conosco nessuno che non abbia una forte dipendenza dall'alcol che tenga alcolici al piano superiore della propria casa».

«E Charles Warren? Sembra così incredibilmente e genuinamente affranto per la morte di Alice, ma possiamo davvero escluderlo dai sospettati, quando sta per entrare in possesso di una somma di denaro così ingente?»

«Non le ho detto dove si è diretto quando martedì l'ho pedinato. È andato dritto al cimitero a piangere sulla tomba di Alice».

«Ma non c'è nessuna tomba lì», precisò Luke. «Solo una buca, fino a quando il medico legale non rilascerà il corpo per la sepoltura».

«Lo so. È stato questo a rendere il tutto molto più tragico. Alice non è nemmeno lì, eppure il signor Warren sembrava avere bisogno di un posto dove piangerla».

«Pover'uomo». Luke guardò il tavolo in silenzio, prima di proseguire. «Ho riflettuto sulla signora Leaming. Mi ha raccontato che nella sua casa ci sono molti mobili e animali. All'università ho conosciuto un ragazzo che ora fa il veterinario. Forse potrei chiamarlo e chiedergli di passare dalla signora Leaming con qualche pretesto».

Inarcai un sopracciglio. «Non sono sicura di che cosa potremmo ricavare da lei. Sappiamo che si comporta in modo molto strano, ma dopo la morte di Alice è stata estremamente amichevole con me. Pensa che il suo amico sia in grado di scoprire il motivo del suo brusco cambiamento d'umore?»

«Potrebbe riuscire a ottenere qualche informazione in più, visto che è un estraneo. È un tipo molto affabile. Vale la pena fare un tentativo, no?»

«Potrebbe andare a trovarla lei», proposi. «Non sembrerebbe così strano. Ha detto che deve fare visita a tutti i parrocchiani».

«D'accordo». Annuì. «Capisco il suo punto di vista. Andrò io. Potrebbe prendere in considerazione l'idea di parlare con Ernest Harrington? Mi ha trattato molto male quando l'altro giorno mi ha sorpreso a parlare con Elsie».

«Secondo lei, con me sarà più gentile?»

«Forse è il tipo di uomo che reagisce meglio a una donna». Scrollò le spalle nel vedermi dubbiosa. «Dobbiamo provare il tutto per tutto, per quanto assurdo sembri. A proposito, è ora che io vada al pub».

«Non sapevo che le piacesse bere, vicario», dissi.

Pensandoci bene, c'erano molte cose che ignoravo sul suo conto. Volevo conoscerlo meglio. Mi era stato di grande conforto negli ultimi giorni. Cosa mai avrei fatto senza la sua incrollabile fiducia in me? Certo, Ruby sapeva che non ero coinvolta nella morte di Alice ed Elsie, ma era mia sorella. Era naturale che mi difendesse. Luke, invece, era nuovo nel villaggio e non aveva alcun motivo di mostrarsi dalla mia parte, eppure lo era.

Un calore si diffuse nel mio stomaco alla prospettiva di approfondire la nostra amicizia. La mia autostima a pezzi stava migliorando a vista d'occhio, a mano a mano che mi rendevo conto che non tutti mi incolpavano per il mio matrimonio fallito.

«Apprezzo la birra e un bicchiere di brandy nelle occasioni speciali. Non ho ancora incontrato Joe Noble, ma rimedierò questa sera».

Quando distolsi lo sguardo dal tagliere, notai che Luke aveva inarcato le sopracciglia, segno che la sua visita al pub non aveva nulla a che vedere con la voglia di assaggiare i prodotti locali. «Ah, ho capito il suo piano. Andrà al pub per estorcere qualche informazione a Joe. Dobbiamo scoprire se aveva un movente per uccidere Alice. Era forse a conoscenza di qualcosa su di lui? Sappiamo che vende alcolici all'insaputa del birrificio. Magari Alice ne era al corrente. Lo stava forse ricattando?»

«Abbiamo molte più domande che risposte. Se troviamo le risposte, compiremo un passo in avanti nello svelare l'identità dell'assassino».

«Dopo quello che mi ha riferito sulla signora Garrett, credo di doverle parlare per chiarire la situazione».

Per un attimo si guardò attorno pensieroso. «Sarebbe molto più vantaggioso averla come amica che come nemica».

«Per non parlare del fatto che è la regina del pettegolezzo. Non c'è cosa che lei non sappia. Forse dovrei darmi da fare per diventare sua amica, nonostante le divergenze passate».

«La trovo un'idea eccellente».

«A meno che non venga fuori che è lei l'assassina».

«Potrebbe esserlo?».

Ruppi le uova nella ciotola e le sbattei vivacemente con una forchetta. «Non me la sento di escludere nessuno, a meno che non si possa dimostrare in modo categorico l'innocenza della persona in questione».

«Ci fidiamo di quello che ha detto l'ispettore Robertson su George?»

«Non vedo che importanza possa avere dove si trovava la mattina del secondo omicidio». Lasciai cadere la forchetta nel lavandino. «Non è affatto rilevante. Potrebbe avere versato il veleno nella bottiglia in qualsiasi momento».

«Giusto». Luke mi guardò con aria meditabonda. «Non è nemmeno necessario che l'assassino fosse presente al momento della morte, perché il veleno agisce da solo».

«Tuttavia, se lei era un'assidua bevitrice come sostiene Joe Noble, è più probabile che l'assassino abbia aggiunto il veleno direttamente nel bicchiere. Altrimenti sarebbe morta al primo sorso, subito dopo avere acquistato la bottiglia».

«E se non fosse stata lei a versarsi il gin?»

«Accidenti, non l'abbiamo preso in considerazione».

«Ma la polizia l'avrà fatto, no? Avrà pensato che magari Alice non si è versata da bere da sola».

Abbandonai le verdure per sedermi al tavolo di fronte a Luke. «Non possiamo sospettare di Florence, dico bene?»

«Ha versato lei il gin nei bicchieri?»

«Non gliel'ho chiesto», ammisi. «Ho semplicemente supposto che l'avesse fatto».

«E se non fosse così?», chiese a bassa voce. «Questo cambierebbe tutto, non è vero?».

Mi torsi le mani nel grembiule. «Sapevamo che poteva essere stato chiunque, ma ho sempre dato per scontato che l'assassino avesse versato il veleno nella bottiglia».

«Anch'io». La sua bocca si contrasse per la costernazione. «Se invece l'ha messo nel bicchiere, le cose si complicano ancora di più».

«Significa che non poteva essere certo di chi avrebbe preso quel determinato bicchiere».

«Quindi Alice potrebbe non essere stata la vittima designata».

«Questo cambia tutto». Guardai Luke con orrore. «Possibile che qualcuno stia semplicemente avvelenando degli abitanti a caso, senza alcun motivo?».

Rabbrividii. Era troppo orribile da contemplare.

Perché qualcuno avrebbe dovuto fare una cosa del genere nel nostro piccolo e sonnolento villaggio?

11

La mattina seguente, avevo appena finito di lavare i piatti della colazione, quando qualcuno bussò alla porta. Non avevo idea di chi potesse cercarmi così presto. Il cuore prese a martellarmi nel petto a un ritmo accelerato. Era morto qualcun altro? Era questa la mia vita adesso? Domandarmi se ci fosse stata un'altra vittima?

Con riluttanza, lasciai la cucina, percorsi il corridoio fino alla porta d'ingresso e feci un respiro profondo per fortificarmi. Il mio ospite inaspettato sollevò il battente dall'altra parte e lo sbatté contro il legno. Balzai indietro, spaventando Lizzie, che si mise ad abbaiare.

L'afferrai per il collare. «Zitta, va tutto bene».

Senza procrastinare oltre, aprii di scatto la porta, con i nervi a pezzi e le mani che mi tremavano.

«Buongiorno, signora Miller». Margaret Leaming riservò a Lizzie uno sguardo di evidente disgusto. «È pericoloso quell'animale?».

Assolutamente no, e oltretutto non usa la mia casa come il suo bagno!

Tenni per me i miei pensieri. «Certo che no».

«Ha intenzione di invitarmi a entrare, cara?».

Mi feci da parte. La signora Leaming era tornata alla normalità. La creatura trasandata che mi aveva aperto la porta la domenica pomeriggio non c'era più.

«Prego, si accomodi». Di solito portavo i visitatori in

cucina. Come ogni altro abitante del villaggio, riservavo il salotto al relax serale o agli ospiti importanti, ma dato il modo in cui Margaret stava guardando Lizzie, pensai di chiudere il mio amato cane in cucina, lontano dalla segretaria del comitato.

Non appena Margaret posò il posteriore sul mio divano a righe verdi, andò subito al sodo. «Signora Miller, in qualità di presidentessa ad interim del comitato, le comunico che rassegno le mie dimissioni da segretaria».

Appoggiò una busta sul tavolino di fronte a sé. Io mi bloccai sull'uscio, incerta sul da farsi: dovevo preparare il tè, o per la signora Leaming la conversazione era conclusa? Non potevo lasciarla andare senza porle altre domande, così accompagnai Lizzie in cucina e chiusi la porta alle mie spalle.

Mi piazzai accanto al caminetto, proprio di fronte a Margaret. «C'è qualcosa che posso fare per convincerla a cambiare idea?»

«No». Margaret incrociò le braccia sul petto. «La gente sta morendo, signora Miller. Non solo mi dimetto da segretaria, ma intendo anche lasciare questo villaggio. Se non lo faccio, potrei essere la prossima a essere avvelenata da quel pazzo assassino».

Con mio orrore, Margaret scoppiò in rumorosi singhiozzi. Mi spostai al suo fianco per darle una goffa pacca sulla spalla. «Su, su, sono sicura che non è in pericolo».

In realtà, non ero sicura di un bel nulla. Dal momento che ignoravo le motivazioni dell'avvelenatore, come potevo sapere chi sarebbe stato il prossimo bersaglio?

Margaret frugò nella sua borsetta delle dimensioni di una piccola valigia e, alla fine, estrasse un fazzoletto stropicciato.

«Oh, signora Miller. Potremmo essere entrambe nel mirino dell'assassino. La signora Warren è stata uccisa davanti a tutto il villaggio e la signora Harrington a casa sua. Nessuno è al sicuro, o meglio, nessuna donna, perché sembra che gli uomini del villaggio non abbiano nulla di cui preoccuparsi».

Tranne che per le loro mogli morte, ovvio, ma me lo tenni per me. Date le circostanze, non era di alcuna utilità.

«Ha davvero così tanta paura da trasferirsi altrove?»

«Alla prima occasione possibile», dichiarò. «Ho paura di mangiare o bere qualsiasi cosa. Dormire è un lusso che non posso più permettermi, perché temo di non svegliarmi alla mattina».

«Sembrava molto turbata domenica», dissi, osservando con attenzione il suo viso per valutare la sua reazione.

«Credo di essere stata sotto shock quando le ho parlato alla fiera. In seguito, quando ho realizzato ciò che era accaduto, sono crollata. Non ho problemi ad ammettere, signora Miller, che tutta questa faccenda è stata la cosa peggiore che mi sia mai capitata».

Peggio della perdita di suo marito? Io non ero andata in pezzi quando Stan era scomparso, ma davo per scontato che per la maggior parte delle mogli la dipartita del proprio consorte fosse un evento terribile.

«Siamo davvero dispiaciuti di perderla, signora Leaming». Si soffiò rumorosamente il naso, e io fui grata di constatare che aveva smesso di piangere. «È una segretaria così efficiente».

Che persona orribile che ero. Anche se faceva piacere a tutti essere elogiati per la propria efficienza, era triste che non mi fosse venuto in mente nient'altro da dire sulla signora Leaming, a parte il fatto che sarebbe mancata come segretaria del comitato.

«È molto gentile da parte sua». Tirò su col naso e rimise il fazzoletto nella borsetta.

«Dovrei porle alcune domande prima di lasciarla andare». Cercai di ricordare le cose che volevo chiederle. Ancora una volta mi ritrovai a desiderare di avere con me un taccuino. Sarebbe stato utile prendere appunti durante le conversazioni con Luke. O avere una memoria che funzionasse. Mi sarei accontentata di una delle due cose.

«Dove andrà?». Mi accomodai sulla poltrona vicino alla finestra.

«Ho una casa in Cornovaglia».

«Davvero? Che bello».

Margaret arrossì, abbassando lo sguardo sulla sua borsetta. «L'ho ereditata».

«Oh, cielo!», esclamai con tutta la comprensione di cui ero capace. «Apparteneva a suo marito?»

«È anche per questo che me ne vado!». Margaret scattò in piedi. «Lei è una ficcanaso come lo era Alice Warren!».

Chiedere del marito di Margaret non era certo come essere un pazzo omicida, ma chi ero io per giudicare le emozioni altrui, quando le mie erano tutt'altro che semplici? A ogni modo, reputai eccessiva ed estrema l'improvvisa sfuriata di Margaret. «Stavo semplicemente facendo un po' di conversazione. Mi scuso se l'ho offesa».

«Voi donne di paese non riuscite mai a lasciare correre. Ficcate sempre il naso in cose che non vi riguardano».

La durezza del tono di Margaret mi fece ricordare la sensazione di puro terrore che avevo provato quando avevo camminato davanti a lei a casa sua. Era durata poco, ma avevo avuto paura. Nonostante la giornata calda, rabbrividii. Forse non avevo avuto una buona idea a chiudermi in salotto con la signora Leaming. Che cosa avrei fatto se mi avesse aggredita?

No, mi stavo comportando come una sciocca. Margaret voleva andarsene dal villaggio perché temeva di essere uccisa. Me lo aveva appena comunicato. A meno che il suo non fosse un elaborato stratagemma per levare le tende prima di essere scoperta. Scuotendomi di dosso ogni inquietudine, inspirai a fondo per tranquillizzarmi. Stavo permettendo all'istrionismo di Margaret di influenzare i miei pensieri e sentimenti.

«Mi dispiace che la pensi così», borbottai, cercando di sembrare contrita, mentre elaboravo un piano piuttosto subdolo. «Alice era estremamente amichevole e...».

«Alice era una ficcanaso che giustificava la sua estrema curiosità con il ruolo di presidentessa del comitato. Non era affatto migliore delle altre pettegole di questo orribile posto. Non mi dispiacerà andarmene. Neanche un po'».

Aspettai che Margaret concludesse la sua arringa prima di fornirle una risposta attentamente ponderata. «È per questo che si è offerta di venirmi a trovare il giorno dopo la fiera? Non voleva che mi presentassi a casa sua?».

Che cosa nascondeva?

«Eppure, è proprio quello che ha fatto».

Mi alzai in piedi, schiarendomi la gola. «Non mi sembra che abbiamo altro da dirci. A nome del comitato del villaggio di Westleham, accetto le sue dimissioni. Le auguro ogni bene in Cornovaglia».

Speravo di sembrare più convincente di quanto mi sentissi. Mi tremavano le ginocchia e avevo la gola secca. Andai alla porta del salotto per aprirla. Margaret si alzò e mi passò davanti.

Qualche istante dopo, udii la porta d'ingresso sbattere e tirai un sospiro di sollievo. «Buona giornata anche a lei, signora Leaming».

Non appena fui sicura che Margaret si fosse avviata verso casa sua, chiusi a chiave la porta e mi affrettai ad attraversare la strada per raggiungere la canonica.

Gertrude Felton, la governante del vicario, venne ad aprirmi, squadrandomi dall'alto in basso. «Sì?».

Ignorando il suo tono maleducato, sfoderai un sorriso

smagliante. «Mi domandavo se fosse possibile parlare con il vicario».

«Sono certa che il vicario sarebbe lieto di non essere visto insieme a gente come lei».

«Non capisco che cosa intende dire, signora Felton».

«Bene, allora mi permetta di chiarirglielo. So che ha detto alla polizia del mio George. Non voleva fare del male a nessuno. Infatti, nessuno si è fatto male. Voleva solo che il suo duro lavoro venisse riconosciuto. Sistema i giardini della gente e mai un ringraziamento. Ma, oh no, lei ha dovuto proprio farlo arrestare. Per quale motivo l'ha fatto?».

Aggrottai le sopracciglia. La risposta mi sembrava piuttosto ovvia. «George ha commesso un crimine. Ha rovinato gli orti di molta gente. Era giusto che la polizia indagasse su di lui. Non posso essere ritenuta responsabile se tutto ciò è sfociato nel suo arresto. Ora, posso parlare con il vicario?».

Mi guardò, facendomi capire senza mezzi termini quanto desiderasse sbattermi la porta in faccia. Alla fine mi diede le spalle e sparì nel corridoio, per poi riemergerne qualche istante dopo.

«Il vicario la riceverà subito», annunciò con un tono altezzoso.

«La ringrazio, signora Felton. È molto gentile da parte sua», risposi con un tono altrettanto falsamente sollecito. Senza dubbio aveva cambiato i suoi modi perché sapeva che il vicario poteva sentirla.

Mi condusse nello studio di Luke. Aveva un aspetto molto diverso dall'ultima volta che l'avevo visitato. Quando c'era il reverendo Gibbs, la scrivania era ricoperta da carte sparse in modo disordinato. Spesso perdeva gli occhiali in quella confusione.

Ora tutto era disposto su pile ordinate. In un angolo c'era una piccola fotografia incorniciata. Mi chinai in avanti. «Posso?»

«Sì, certo». Prese la foto e me la passò, poi si rivolse alla signora Felton, che era ferma sulla porta a fissarci.

«Tè per due, per favore, signora Felton».

Non appena la governante se ne fu andata, mi avvicinai alla porta.

«Ha già intenzione di andarsene?», mi domandò con un sorriso.

«No. Volevo solo controllare che non stesse origliando prima di raccontarle la cosa estremamente strana che mi è appena capitata».

«Non so se devo crederle».

«In che senso?»

«Cosa non è strano in questo villaggio? Scommetto che quel che le è appena successo non è più strano di altre cose accadute in questo posto pittoresco».

«Non ha tutti i torti». Guardai la fotografia. «Sono sua madre e i suoi fratelli?»

«Proprio così». Mi tese la mano, e io allungai il braccio per restituirgli la fotografia.

«Suo padre non amava farsi ritrarre?». Desiderai subito rimangiarmi le mie parole, perché un'emozione indecifrabile rabbuiò il suo volto. Margaret Leaming aveva ragione: ero una ficcanaso.

«No», rispose Luke, guardando la foto e poi di nuovo me.

Capii l'antifona e lasciai perdere. «La signora Leaming è venuta a farmi visita. Mi ha rassegnato le sue dimissioni da segretaria del comitato del villaggio. Dice che venderà la casa e che si trasferirà in Cornovaglia. Non è strano?»

«Sì, è molto strano».

«Non sembra il tipo di donna che possiede una casa in Cornovaglia, anche se non mi pare in difficoltà. Insomma, non ha mai lasciato intendere di essere a corto di soldi. Non credo lo sia, vero? Tutti sanno delle mie difficoltà finanziarie, ma non ho mai sentito dei pettegolezzi sulla signora Leaming».

«E ha detto di essere intenzionata a vendere? Come se la casa fosse di sua proprietà?».

Annuii. «È proprio quello che ha detto».

Luke tamburellò con le dita sul tavolo. Riconobbi che era una sua abitudine ogni volta che rifletteva. «Chi conosciamo che lavora all'agenzia immobiliare?»

«Be', il signor Finnegan, il proprietario».

«Ah, sì», disse Luke agitando una mano. «Non va bene. Non ci dirà nulla».

«Oh, ora capisco dove vuole andare a parare. Sua moglie gli fa da segretaria. Non credo che nemmeno lei ci dirà nulla».

«Da quanto tempo la signora Leaming vive qui?»

«Direi da circa un anno».

«E c'era un cartello "vendesi" fuori dalla casa prima che vi si trasferisse?»

«Non ricordo di averne visto uno».

«Allora a chi apparteneva prima?»

«Era di proprietà di un'anziana signora di nome Phyllis Jones. È morta durante la guerra, e la casa è rimasta vuota per qualche tempo. Poi, come ho detto, la signora Leaming vi si è trasferita circa un anno fa».

«Ma chi è l'attuale proprietario?»

«Non ne ho idea. Le migliori pettegole del villaggio sono la signora Burnett e la signora Garrett».

Luke sorrise. «Che per coincidenza incontrerà oggi stesso».

«Certo, e si dà il caso che io abbia un'idea che credo possa convincere la signora Garrett a parlarmi».

«Ha intenzione di condividere con me il suo piano geniale?».

Mi picchiettai il lato del naso. «Prima vediamo se funziona. Ora mi auguro che lei, in quanto vicario, conosca la risposta alla seguente domanda. Quanto è facile reperire una copia del certificato di matrimonio di una persona?»

«Alquanto facile, direi», rispose Luke. «Basta informarsi alla Somerset House di Londra. Di quale certificato di matrimonio abbiamo bisogno?»

«Vorrei sapere... cioè, credo che sarebbe molto interessante sapere se la signora Leaming sia mai stata sposata. Può scoprirlo?»

«Sì, certo. Telefonerò a uno dei miei amici e gli chiederò di recarsi alla Somerset House».

«Dobbiamo informare l'ispettore Robertson delle intenzioni della signora Leaming?»

«Secondo lei è pertinente alle indagini?», mi domandò. «Crede che sia in qualche modo coinvolta?»

«Mi pare un po' troppo sospetto che Margaret voglia lasciare il villaggio subito dopo che due persone sono state uccise».

«Forse ha davvero paura».

«Oppure vuole scappare prima di essere catturata».

«Ma allora perché piange e sembra così afflitta? Che motivo ha?»

«Può darsi che sia un'attrice di talento. Mi ha accusata di essere una ficcanaso e ha detto che anche Alice lo era».

«Tutti gli abitanti di questo villaggio sono piuttosto curiosi, signora Miller».

Sbattei le palpebre quando recepii le sue parole. «Suppongo che abbia ragione. Io sono la prima a spettegolare allegramente, malgrado conosca il danno che possono fare le voci».

«Il tè, vicario», annunciò la signora Felton, entrando nella stanza e posando un vassoio sul tavolino. La sua presenza cupa pose fine alla nostra conversazione.

Pur ignorandomi come se non fossi lì, mentre se ne andava, la signora Felton osò lo stesso lanciarmi un'occhiataccia, nel momento in cui Luke era distratto.

Dopo una frettolosa tazza di tè con Luke, mi incamminai verso il cottage della signora Garrett.

Avrei voluto trattenermi in canonica a discutere più a lungo con lui del nostro caso, come avevo iniziato a considerarlo, ma temevo che la signora Felton si sarebbe trovata qualcosa da fare in corridoio per origliare ogni nostra parola. O, peggio, che si sarebbe affrettata a raggiungere la cabina telefonica fuori dall'ufficio postale per telefonare al vescovo e denunciare il mio comportamento oltraggioso.

Era ridicolo, me ne rendevo conto. Non avevo mai fatto nulla di scandaloso in tutta la mia vita. Ero di gran lunga la persona più noiosa che conoscessi. Tuttavia, se fare visita al vicario in pieno giorno era un crimine da denunciare al vescovo, allora la signora Felton aveva tutto il diritto di procedere.

Bussai alla porta di casa della signora Garrett prima di cambiare idea, correre di nuovo in strada e rifugiarmi nel mio giardino.

La signora Garrett mi studiò per un lungo istante prima di aprire bocca. «Sì?»

«Posso entrare un momento, signora Garrett?». Adottai il tono più conciliante di cui ero capace. «Ho una proposta da farle».

«Non riesco a immaginare che cosa abbia da dirmi che possa interessarmi».

«Sì, capisco che si senta così. Mi dispiace molto, ma ho l'impressione che siamo partite con il piede sbagliato. Forse quello che ho da dirle potrebbe contribuire a ricucire il nostro rapporto».

Mi stampai un sorriso sulle labbra, malgrado fosse in contrasto con il modo in cui mi sentivo. A quanto ne sapevo, perché era ciò che mi aveva riferito Luke, non avevo fatto nulla di male, a parte avere un marito che era tornato dalla guerra.

Era una cosa fuori dal mio controllo. Era stato il destino, non c'entravano nulla le mie azioni. Ero certa di avere pregato né più né meno di una donna qualsiasi, anche se forse non era vero. Probabilmente avevo pregato molto meno delle altre donne, non perché non volessi che Stan tornasse a casa, ma perché sapevo di non amarlo con lo stesso trasporto con cui le altre donne amavano i loro mariti.

Distolsi lo sguardo dal neo sul lato del viso della signora Garrett, mentre cercavo di immaginarmela così ansiosa di riabbracciare il marito da pregare con fervore ogni sera. Non importava quanto mi sforzassi, quella donna era per me incapace di evocare quel genere di passione. D'altronde, mai avrei pensato che Charles Warren potesse essere così devastato dalla perdita della moglie. Che ne sapevo io? Non ero mai stata innamorata. Non per davvero.

Mi fissò con le labbra serrate, poi mi esaminò dalla punta dei miei stivali da giardinaggio alla sommità del mio foulard. «Può accomodarsi in cucina. Non ho tempo per le sciocchezze, signora Miller, quindi la prego di sbrigarsi».

«Certo, signora Garrett, farò in fretta».

Mi sentivo come una bambina cattiva che veniva condotta nell'ufficio della direttrice, dove quasi certamente sarebbe stata punita.

«Si accomodi lì». Mi indicò una sedia, mentre lei si sistemava a capotavola davanti a una grande teiera marrone ricoperta da un tessuto rosso acceso.

Sissignora.

Chi si credeva di essere la signora Garrett? La regina Vittoria? Tuttavia, non appena posai il posteriore sulla sedia come da sue istruzioni, mi resi conto che non era tanto la signora Garrett a credere di essere superiore a me, ma il contrario. Le obbedivo perché mi vedevo ancora come una scolaretta o una donna socialmente inferiore.

«Sono venuta a chiederle se le piacerebbe assumere il ruolo di segretaria del comitato del villaggio di Westleham».

«Se mi piacerebbe?», ripeté la signora Garrett.

«Non posso formalizzare l'offerta prima di avere convocato una riunione. Ovviamente ci sarà una votazione, ma lei è un membro rispettato della comunità e credo che sia perfetta per questo ruolo». Trattenni il respiro. Ricordavo che il comitato si era già rivolto a lei in passato, ma aveva sempre risposto di essere troppo impegnata.

«Perché me lo chiede? Non ha una segretaria?»

«Sì, be', no. Non più. La signora Leaming si è dimessa stamattina, e ho pensato che lei sarebbe stata la sostituta perfetta». Faceva molto caldo nella cucina della signora Garrett. Un rivolo di sudore iniziò a colare tra le mie scapole e a scendermi lungo la schiena. Mi dissi che di sicuro era colpa del calore, e non della paura, se il mio corpo stava tremando.

«Non ha risposto alla mia domanda. Perché proprio io?»

«Come le ho detto», parlai a fatica, «è molto rispettata… ehm… è un pilastro della comunità e… è perfetta per questo lavoro».

«Ma se non mi conosce nemmeno». Incrociò le braccia sul seno, fissandomi con sospetto. «Come fa a sapere se sono brava? L'ha mandata il vicario?».

Sollevai il mento. «Sono passata in canonica poco fa, è vero, ma non mi ha mandato lui. Anzi, non l'ho neanche informato delle mie intenzioni».

«Non siamo mai andate d'accordo. Perché mai dovrei volerle fare da segretaria?»

«Sarebbe la segretaria del comitato», la corressi, alzandomi in piedi. «A quanto pare, ho sprecato il mio tempo. Se non vuole il posto, penserò a un'altra candidata».

«Non ho detto questo», sbottò lei. «Si sieda».

Perversamente, decisi di rimanere in piedi. O voleva il posto o non lo voleva. Di certo non l'avrei supplicata. Mi ero già umiliata abbastanza.

«Signora Garrett, lei sa chi è il proprietario del cottage al momento occupato dalla signora Leaming?».

Tirò fuori tazze e piattini da una credenza e versò il tè, senza quasi distogliere lo sguardo da me. «È questo il vero motivo per cui è qui?».

Un tè chiaro sgorgò dal beccuccio della teiera. Aggiunse latte e zucchero, poi ne bevve un piccolo sorso. Presunsi che mi stesse sottoponendo a una sorta di test, riempiendo di proposito solo una tazza. L'unico problema era che ignoravo in che modo superare la prova.

«In parte», dichiarai, decidendo che la sincerità era la politica migliore. La signora Garrett non solo aveva i modi di una maestra, ma possedeva anche lo stesso innato senso nel comprendere quando qualcuno non era sincero. «Ho deciso di venire a parlarle subito dopo che la signora Leaming mi ha consegnato le sue dimissioni. È la mia prima scelta».

Il tè, che più che altro pareva acqua sporca, venne versato nell'altra tazza. «Latte e zucchero?»

«Sì, grazie. Due cucchiaini, per favore».

Inarcò le sopracciglia quando versò due cucchiaini colmi di zucchero nel liquido ambrato pallido, poi spinse il piattino verso di me. Di solito bevevo il tè senza zucchero, ma speravo che quell'aggiunta avrebbe reso la bevanda un po' più gradevole.

«Vuole sapere del cottage della signora Leaming?»

«Sì, grazie». Sorseggiai il mio tè con i suoi occhi addosso, poi mi guardai attorno per mascherare la mia smorfia. Se solo ci fosse stata una pianta nelle vicinanze, avrei potuto versare il tè alla sua prima distrazione.

«Sono sicura che una donna intelligente come lei avrà notato, come me del resto, che la signora Leaming sembra cavarsela piuttosto bene con poco».

Afferrai subito quello stava sottintendendo. La signora Garrett aveva perso il marito, pertanto poteva contare soltanto sulla sua pensione militare. Almeno io e Ruby avevamo messo insieme le nostre risorse, e io avevo il mio giardino. Ciò spiegava perché il tè della signora Garrett era così terribile. Con ogni probabilità, aggiungeva dell'acqua calda alle foglie vecchie di un giorno per risparmiare le scorte.

Ero stata così presa dai miei problemi da non vedere che anche i miei compaesani stavano affrontando delle dure prove? Provai un'enorme vergogna. Non mi giudicavo una persona egoista, eppure era proprio ciò che ero diventata.

«Sì, l'ho notato. Luke e io…». Mi bloccai subito, quando le labbra della signora Garrett si assottigliarono. «Volevo dire, il vicario e io abbiamo avuto una conversazione sulla situazione finanziaria della signora Leaming proprio ieri sera».

«Faccia molta attenzione, signora Miller. La gente è più propensa a passare sopra l'errore di una giovane ragazza che a quello di una donna sposata». Posò la tazza sul piattino. «Ora, il cottage era di proprietà della signora Jones, come ben saprà. Aveva due figli e una figlia. A parità di condizioni, i suoi eredi si sarebbero tenuti volentieri la casa».

«Quindi la signora Leaming ha comprato o affittato la proprietà?»

«Le fornirò la risposta in giornata». La signora Garrett si alzò in piedi, e io lo interpretai come un invito ad andarmene.

Dopo essermi scolata l'ultimo sorso di quel terribile tè, riappoggiai la tazza sul piattino. «Grazie, signora Garrett, è stata molto gentile. Posso chiederle se conosce bene i Finnegan dell'agenzia immobiliare?»

«Oh, non mi direbbero nulla, quindi non glielo chiederò.

Ci tengono molto alla riservatezza. La loro donna delle pulizie, invece, è una mia grande amica».

Non domandai altro. Era meglio che non sapessi come l'amica della signora Garrett avrebbe ottenuto le informazioni che volevo. «Non vedo l'ora di parlarle più tardi. Grazie, signora Garrett».

«L'accompagno fuori», disse lei. «Per quanto riguarda l'altra questione, rifletterò con calma e le farò sapere la mia decisione dopo averci dormito su».

Annuii. Capii a cosa si stava riferendo soltanto quando mi incamminai verso il mio cottage. Mi ero completamente dimenticata del ruolo vacante del comitato.

12

Dopo una mattinata di lavoro in giardino, mangiai qualcosa al volo e mi incamminai verso l'ufficio postale. Lo chiamavano tutti così, ma, essendo ubicato in un piccolo villaggio, era molto di più. Tanto per cominciare, era anche l'unico luogo in cui si potevano acquistare generi alimentari.

Naturalmente avevamo una panetteria, una macelleria e un fruttivendolo, ma i prodotti confezionati in pacchetti o lattine potevano essere acquistati soltanto all'ufficio postale gestito dal signor Harrington.

«Buon pomeriggio, signora Miller». Venni accolta dal volto paffuto e sorridente della commessa, la signora Rogers. «Di cosa ha bisogno oggi?»

«Soltanto di un francobollo di seconda classe, per favore». In realtà non mi serviva, ma chiederlo mi fece capire da quanto tempo io e Ruby non scrivevamo ai nostri genitori. Avremmo dovuto inviare loro una breve lettera, soprattutto alla luce di ciò che stava accadendo in paese. Mi balenò un pensiero. «Sa se gli omicidi sono finiti sui giornali nazionali?»

«Santo cielo, signora Miller, dov'è stata tutta la settimana?». La signora Rogers scosse la testa, rivolgendomi un sorriso gentile. «Negli ultimi giorni i giornali non hanno parlato d'altro che delle due morti sospette».

Probabilmente i miei genitori erano già al corrente della

situazione. E anche Stan. Nonostante tutto, mi faceva male sapere che non aveva cercato di mettersi in contatto con me. Se era vivo, ovunque si trovasse, di sicuro leggeva il «Times» ogni giorno, come aveva sempre fatto.

«Come sta il povero signor Harrington?»

«Be', non dovrei dirlo», dichiarò la signora Rogers, abbassando la voce come fanno le persone quando stanno per fare esattamente l'opposto di ciò che hanno appena affermato. «Ma l'ha presa molto bene».

«E i bambini?», mi informai. «Ho sentito che la madre della signora Harrington è venuta a prenderli per portarli via con sé».

«Infatti». La signora Rogers schioccò la lingua per lo sgomento. «Quei diavoletti non sono ancora tornati e, me lo lasci dire, non è perché il signor Harrington è impegnato qui all'ufficio postale. Non ci ha messo piede, tranne che per l'apertura e la chiusura».

«Santo cielo!», esclamai, cercando disperatamente qualcos'altro di brillante da dire per proseguire la conversazione. «Forse è troppo sconvolto per lavorare».

La signora Rogers tirò sul col naso. «Non esce quasi più dal pub. Ma suppongo sia quello che fanno gli uomini, no?».

Lo ignoravo. A Stan non era mai piaciuto andare al pub, nemmeno nelle occasioni speciali. A pensarci bene, a parte stare seduto sulla sua poltrona preferita con le pantofole e il giornale, non faceva mai granché.

«Suppongo di sì». Controllai che non ci fosse nessuno dietro di me, anche se nel caso avrei sentito il campanello della porta suonare. «Avevo capito che era la signora Harrington ad avere una certa predilezione per l'alcol».

«Non posso confermarlo personalmente», commentò la signora Rogers, «ma è un fatto risaputo in paese».

«La signora Harrington non ha mai dato una mano qui?»

«Oh, santo cielo, no». La signora Rogers rise. «Neanche una volta. Certo, aveva tutti quei bambini da accudire. È per questo che hanno assunto me».

«Credevo avessero una tata».

«Oh, sì. Prima hanno assunto me, poi la signora Harrington ha iniziato a frequentare tutte quelle riunioni di beneficenza, così il signor Harrington, che sia benedetto, ha preso una ragazza che si occupasse dei bambini».

«Doveva essere molto devoto alla signora Harrington», mormorai.

«Eccome», concordò la signora Rogers. «Tutto quello che lei voleva, lo otteneva. Il signor Harrington era molto bravo in questo senso».

Proprio ciò che il signor Warren aveva detto di sua moglie. Chissà che cosa avevo fatto di male io. O forse dovevo interrogarmi su cosa avevano fatto di bene loro? Non riuscivo nemmeno a fare in modo che Stan mettesse il bollitore sul fuoco, figuriamoci realizzare tutti i miei desideri.

«Dov'è la tata adesso?».

La signora Rogers agitò un dito nella mia direzione. «Non pensi male, signora Miller! La ragazza è tornata subito dalla sua famiglia a Lambcott. Il signor Harrington non avrebbe mai tollerato alcun pettegolezzo. Non sarebbe stato decoroso se si fosse trattenuta, con la scomparsa della signora Harrington e i bambini fuori casa».

«No, infatti». La signora Rogers mi consegnò il francobollo. Frugai nella mia borsa alla ricerca delle monete per pagarlo. «Grazie».

Non chiesi altro, perché la signora Rogers sembrava essere fedele alla signora Harrington, ma avrei voluto sapere il nome della tata. Poteva essere un'ottima persona da interrogare. Grazie al suo lavoro, aveva accesso a ogni sorta di informazione sugli Harrington, cosa che avrebbe potuto aiutarmi a individuare l'assassino di Elsie. Ero certa che la signora Garrett fosse a conoscenza del nome della tata. Sarebbe stato molto semplice trovarla nel vicino villaggio di Lambcott.

Dopo essere uscita dall'ufficio postale, mi fermai a riflettere sul da farsi. Dovevo andare a casa o al pub? Luke mi aveva suggerito di parlare con il signor Harrington, ma non sarebbe stato molto loquace al pub, non se il locale era affollato.

Ciò mi rammentò che stavo ancora aspettando i soldi da Joe Noble. Non volevo informare la polizia sulle sue vendite illegali di alcolici, ma non poteva farla franca retribuendomi con poco.

Tornai a casa, riflettendo su quale fosse il modo migliore per farmi pagare da Joe e incontrare la tata, e chiedendomi quali notizie mi avrebbe portato la signora Garrett sul cottage di Phyllis Jones.

Aprii il cancello, entrai e vidi un pacco sulla soglia di casa mia. Che strano. Non ricordavo l'ultima volta che ne avevo ricevuto uno. Forse Ruby aveva ordinato qualcosa e si era dimenticata di avvisarmi. Lo raccolsi e notai il mio nome e il mio indirizzo scritti a caratteri cubitali. Il pacco era avvolto in una semplice carta marrone e legato con uno spago. Tirai lo spago, e la carta si srotolò rapidamente tra le mie mani. Qualcosa cadde sul gradino accanto ai miei piedi.

D'istinto feci un balzo indietro, ma la mia mente impiegò qualche secondo a elaborare ciò che giaceva accanto ai miei stivali da lavoro.

Si trattava di un ratto.

Un ratto morto e stecchito.

Mi vennero le lacrime agli occhi, mentre aprivo la bocca per urlare più forte che potevo.

«Signora Miller?».

«Che cos'è successo?».

«Chi ha urlato?».

Le voci penetrarono la mia coscienza tutte nello stesso momento, mentre le persone si affrettavano a uscire dalle loro case per dirigersi verso la mia. Riuscii a scorgere la testa di Luke al di sopra delle altre, mentre si faceva strada verso l'ingresso, apriva il mio cancello e mi raggiungeva a grandi passi.

«Che cos'è accaduto?».

La voce non mi uscì, perciò mi limitai a indicare il pavimento con le mani che mi tremavano.

«Cosa c'è?», intervenne la signora Burnett.

«Qualcuno ha lasciato un animale morto sulla soglia di casa della signora Miller», disse il vicario alla mia vicina. «Può andare in cucina a mettere su il bollitore?».

Infilai la mano nella borsa alla ricerca della chiave della porta. «Non... non riesco a trovare la chiave».

«Aspetti», disse il vicario con gentilezza. «Lasci che l'aiuti».

Mi voltai a consegnargli la borsa e inciampai. Lui mi prese al volo, con una mano sotto un gomito e un'altra che mi sorreggeva la schiena.

«Cos'è questa baraonda?». Una voce forte rimbombò sopra il ronzio di sottofondo.

Luke fece cadere la mia borsa sul pavimento. «Oh, perbacco».

Seguii il suo sguardo. Vidi un uomo tarchiato, che capii subito essere il vescovo grazie alla camicia viola dotata di colletto clericale. *Perbacco, davvero.*

«Reverendo Walker?»

«Eccellenza», rispose lui.

«Questa giovane donna è forse ubriaca?», si informò.

«Affatto, eccellenza. La signora Miller ha appena subìto un terribile shock. Sono accorso assieme agli altri vicini non appena ho sentito il suo grido di dolore».

Il vescovo osservò la gente che si stava accalcando nel vicolo davanti al mio cancello. «Andiamo dentro. Questa non è una conversazione da fare per strada con tutta la parrocchia all'ascolto».

«Non potrei essere più d'accordo». Luke trovò la chiave e aprì la porta d'ingresso. Aveva recuperato il suo proverbiale autocontrollo.

«Lei!». Il vescovo indicò la signora Burnett. «Chi è lei?».

Maud fece un inchino scomposto. «Sono la signora Maud Burnett. Abito qui accanto. Devo preparare il tè per la signora Miller».

Era tutto così surreale. Qualcuno mi aveva mandato un topo morto, il vescovo si era presentato a Westleham, cosa mai accaduta prima, e Maud si era inchinata come se il religioso fosse il re in persona.

Un'irrazionale risata gorgogliò, minacciando di scoppiare. Mi tappai la bocca, mentre Maud si affrettava a trotterellare in cucina.

«Qualcuno ha visto l'agente Bottomley? Deve venire subito a raccogliere questa prova. Andrebbe anche chiamato l'ispettore Robertson per farlo venire da Slough il prima possibile». Luke fece un gesto a qualcuno tra la folla.

Sollevata dal fatto che qualcun altro si stesse occupando della situazione, mi incamminai lungo il corridoio e aprii la porta del salotto.

Desiderosa di rifugiarmi nel santuario della mia cucina e di essere coccolata da Lizzie, mi rivolsi al vescovo che aleggiava sulla porta. «La prego, si accomodi. Metto su il bollitore».

«No, lei resta qui. Devo parlarle di una questione di grande importanza. La signora Burnett sembra perfettamente in grado di preparare il tè da sola».

Forse un bel bicchiere di gin alle prugne era la bevanda più indicata dopo gli ultimi avvenimenti, ma non osai proporlo. Magari mi sarei concessa un bicchierino più tardi, una volta che mi avessero lasciato sola e avessi avuto un po' di tempo per cercare di riordinare i miei pensieri.

Il vescovo si impossessò della mia solita poltrona vicino alla finestra. Io optai per il divano, in modo da lasciare a Luke il posto di fronte al vescovo. Non avevo alcun desiderio di sedermi davanti a un uomo dall'aspetto così severo.

Luke entrò in salotto, guardò me e poi il vescovo. «È un piacere inaspettato vederla a Westleham, eccellenza».

«È inaspettato, sì», replicò, «ma non c'è nulla di piacevole nella mia visita».

Luke chiuse la porta con decisione e si sedette sulla poltrona vuota, quella di Stan. Mi infilai le mani tra le cosce per tenerle ferme, anche se non potei fare nulla per mascherare l'evidente tremito delle mie gambe.

Il vescovo mi fissò disgustato, poi si concentrò su Luke. «È sicuro che questa donna non sia ubriaca?»

«Sì», rispose con calma. «La signora Miller è stata vittima di un terribile scherzo. Qualcuno le ha inviato un pacco contenente un animale morto».

«Era un ratto», precisai con un tono un po' troppo forte per quel luogo chiuso.

«Che cosa era un ratto?», chiese il vescovo, scandendo ogni parola.

«L'animale morto», risposi, sentendomi una sciocca.

«Reverendo Walker...». Si girò verso Luke, dopo avere evidentemente deciso che non valesse la pena parlare con me. «Andrò dritto al punto».

«La prego, eccellenza, lo apprezzo molto. Sono certo che il poliziotto del villaggio vorrà interrogare la signora Miller».

«Perché mai questo dovrebbe avere a che fare con lei?»

«La signora Miller, in quanto membro stimato di questa parrocchia, potrebbe avere bisogno del mio sostegno», gli spiegò Luke. «E forse anche della mia guida spirituale, dopo un evento così traumatico».

«Mi risulta che lei e questa parrocchiana abbiate stretto un rapporto particolarmente intimo dal suo arrivo in paese».

Le mie guance si arrossarono, un fatto incredibilmente fastidioso. A parte indulgere in qualche sogno a occhi aperti, non avevo fatto nulla di cui dovessi vergognarmi.

«Temo di non sapere a che cosa si riferisce», disse Luke con una voce così calma da darmi sui nervi. Come faceva a essere rilassato, quando la mia reputazione era sotto attacco?

«Sta forse negando di avere avuto diversi incontri clandestini con la signora Miller?»

«Certo che sì». Luke si sporse appena in avanti, ma il suo tono rilassato non cambiò. «E con veemenza».

Il vescovo estrasse una lettera dal taschino interno. «Ho ricevuto questa missiva da una persona che si definisce "un preoccupato residente di Westleham". Qui c'è scritto che la vostra relazione ha superato i limiti della decenza».

Allungai una mano. «Posso vedere?»

«Non vedo che differenza possa fare, signora Miller. O è colpevole o non lo è».

«Il vicario si è fermato una volta a cena», dissi con un tono un po' monotono. «Mia sorella era presente. Abbiamo portato a spasso il mio cane, all'aperto. Abbiamo parlato delle esperienze del vicario in guerra e della scomparsa di mio marito. E questa mattina ho visitato la canonica in presenza della governante. Posso assicurarle che non c'è nulla di sconveniente nella nostra relazione».

«Perché qualcuno avrebbe dovuto mandarle un ratto morto?».

Il repentino cambio di argomento mi colse di sorpresa. Sbattei le palpebre. «Posso solo pensare che c'entri qualcosa con gli omicidi».

«Perché mai dovrebbe essere il bersaglio di una simile cattiveria?». Il vescovo pareva quasi comprensivo.

Mi concessi di rilassarmi appena. «Sarà perché sto cercando di scoprire chi è l'assassino. Forse il colpevole vuole spaventarmi».

«C'era un biglietto», affermò Luke con riluttanza.

«Nel pacco?»

«Sì». Mi guardò negli occhi. «Mi dispiace».

Dita gelide mi provocarono la pelle d'oca. «Che cosa diceva il biglietto?»

«Che finirà stecchita come il ratto, se non smetterà di indagare. O una frase del genere».

Annuii lentamente. «Pensavo che la minaccia fosse implicita».

«No, non è affatto implicita, signora Miller», disse il vescovo. «È più che esplicita. Presumo che la polizia stia arrivando».

«Ho mandato qualcuno a chiamare il poliziotto del villaggio», annunciò Luke.

«Lei c'entra qualcosa con questa indagine?». Il vescovo inarcò un sopracciglio nella direzione di Luke.

«Come vicario di questa parrocchia, ritengo sia mio dovere garantire la sicurezza della comunità».

Il vescovo sventolò la lettera per aria. «È suo dovere occuparsi del benessere spirituale della parrocchia, non di farsi coinvolgere negli affari della polizia. In questo modo mette in pericolo se stesso e, soprattutto, questa donna».

«Sono perfettamente in grado di mettermi in pericolo da sola». Scattai in piedi per avvicinarmi al vescovo, felice che le gambe sostenessero il mio peso, anche se stavano traballando di più di quelle di un puledro appena nato. «La prego, posso vedere la lettera?».

Rimasto senza parole, il vescovo me la passò e io la studiai. Non mi interessavano le parole, ma la calligrafia.

«Nota qualcosa di importante, signora Miller?», mi chiese Luke.

«La calligrafia è della signora Harrington».

«Non è quella sventurata donna morta nel suo letto?».

Sospirai. «Proprio lei. Deve aver inviato la lettera prima di morire».

Le insinuazioni contenute nella missiva mi davano un ottimo motivo per voler mettere a tacere la signora Harrington per sempre. Guardai Luke impotente. Questo mistero era come un gomitolo di lana dopo che un gatto ci aveva giocato: i fili erano irrimediabilmente aggrovigliati, e per quanto si cercasse di sbrogliarli, si finiva sempre in un pasticcio peggiore.

«Che sventura». Il vescovo mi tese la mano e io gli restituii la lettera.

Mi veniva da ridere. Non era una sventura. Era una vera e propria tragedia. C'era chi mi prendeva di mira persino dall'oltretomba.

«Penso che…».

«No». Il vescovo alzò una mano per bloccare Luke; la simpatia di poc'anzi era sparita del tutto dalla sua voce. «Non è ora di pensare, reverendo Walker. Torni in canonica e stia lontano sia dalle indagini che dalla signora Miller, altrimenti dovrò prendere in considerazione delle sanzioni».

«Per avere svolto il mio dovere?», domandò Luke con ardire.

«Per avere interferito nei doveri altrui. Lei è qui per grazia ricevuta. Posso annullarla in qualsiasi momento, farebbe bene a ricordarlo». Indicò la porta. «Ora vada e mi scovi quella donna infernale con il tè. È andata fino in India a prenderlo?».

Dopo che Luke se ne fu andato, il vescovo si rivolse di nuovo a me. «È vero che lei è una donna sposata?»

«Sì», risposi. «Poco più di un anno fa mio marito è uscito

di casa per andare al lavoro e non è più tornato. La polizia non ha trovato alcuna traccia di lui».

«Lei è sospettata della sua scomparsa?»

«No». Osservai dalla finestra la folla di vicini ancora radunata fuori dal mio cancello. «Almeno non dalla polizia. Per quanto riguarda i miei compaesani, be', loro hanno delle idee un po' più fantasiose sull'argomento».

«Trova questa lettera maliziosa?»

«Ovvio», annuii, «ma la capisco. Dal suo punto di vista, non ci può essere del fumo senza arrosto».

«Il mio compito non è quello di valutare la veridicità dei pettegolezzi di questo villaggio», affermò, «ma garantire il benessere spirituale di tutti. Lo capisce, vero?»

«Sì».

«Aiuterà il nuovo vicario a occuparsi allo stesso modo di tutti i parrocchiani?»

«Certo», risposi con tono gentile. «Scoraggerò il vicario dal trascorrere con me del tempo sottratto ai suoi compiti parrocchiali».

«La ringrazio, signora Miller. Conosco la via d'uscita».

Quando aprì la porta del salotto, trovò sulla soglia la signora Burnett, con la vestaglia a motivo cachemire che le si gonfiava sui polpacci robusti. «Eccomi».

«Dove diavolo è stata?», le chiese il vescovo.

«La natura ha chiamato, eccellenza».

Soffocai una risata, perché temevo che mi sarebbe uscita più isterica che divertita.

Il vescovo scosse la testa. «Devo procedere con i miei compiti. Buona giornata, signore».

Non appena la porta d'ingresso si chiuse, Maud si gettò sul divano accanto a me. «Non si preoccupi, mia cara, ho sentito ogni singola parola. Sarò il vostro intermediario. Comunichi a me quello che ha da dire al vicario e io glielo riferirò. Non può arrendersi proprio adesso».

Mi accarezzò la mano e, con mio grande orrore, scoppiai a piangere.

Qualche ora più tardi, dopo avere parlato con l'agente Bottomley e avere raccontato a Ruby gli eventi della giornata, mi sedetti da sola in salotto. O meglio, senza un altro essere umano intorno. Rammentai che la settimana precedente alla stessa ora mi ero lamentata di non avere nessuno con cui parlare. Quel giorno, invece, non ero mai stata sola dall'istante in cui mi ero svegliata. Essere socievole era piuttosto stancante, eppure non ero ancora pronta ad andare a letto.

«Mi mancherà vedere il vicario così spesso», dissi a Lizzie. «È un tale conforto».

Pur non potendo inarcare le sopracciglia in segno di incredulità, ero certa che l'espressione di Lizzie fosse dubbiosa.

«D'accordo, mi mancheranno i suoi begli occhi azzurri e il suo modo di fare capace».

Sbatté la coda sul pavimento.

«Vorrei potere fare qualcosa». Guardai il mio lavoro a maglia, ma non ero dell'umore giusto per commettere altri errori in un modello che era al di là delle mie capacità, e che non aveva nemmeno un destinatario.

La radio era silenziosa. L'avevo spenta quando Ruby era andata a letto. Di solito trovavo il suo suono confortante, ma quella sera ero troppo nervosa per un ulteriore rumore di sottofondo, a parte il ronzio nella mia testa.

«Lo so. Devo controllare i documenti di Alice. Forse mi aiuteranno a capire perché Margaret Leaming ha deciso di lasciare Westleham così all'improvviso».

Aprii il piccolo scrittoio nell'angolo della stanza, quello che Stan usava per conservare le banconote e il libretto degli assegni. Presi penna e fogli e andai in cucina.

Avevo riposto la cassetta con gli appunti di Alice nella dispensa, dietro un sacco di patate. La recuperai, la posai sul tavolo della cucina e sistemai il pezzo di carta davanti a me.

Divisi la pagina in quattro colonne e intestai ciascuna di esse.

Nome
Movente
Mezzi
Opportunità

Nella prima colonna scrissi: *Joe Noble, George Felton, Charles Warren, Ada Garrett, Margaret Leaming.* Poi ricopiai il tutto sul retro. Un lato per Alice, l'altro per Elsie.

Per me la signora Garrett era soltanto colpevole di essere una donna sola a cui piaceva un po' troppo spettegolare, ma mi erano sembrati pochi quattro sospettati.

«Dal momento che ho incluso Charles, forse dovrei fare lo stesso con Ernest». Guardai Lizzie. «Cosa ne pensi?».

Lei aprì un occhio e scodinzolò. Lo considerai un sì, il che mi fece piacere. Sei sospettati risultavano molto più ordinati sulla pagina rispetto a cinque.

Compilai ogni sezione della mia analisi sui sospettati, come la definii, e poi andai a prendere una busta. L'indomani avrei chiesto a Maud di consegnare il foglio al vicario. Lui avrebbe aggiunto le sue considerazioni, così forse, vedendo tutto nero su bianco, avremmo avuto le idee più chiare.

Poi mi misi a esaminare la cassetta dei documenti del comitato del villaggio, una sezione alla volta. Era un azzardo, ma forse lì dentro c'era qualcosa che mi avrebbe fornito un indizio sul perché Alice fosse stata uccisa.

Quando pensai di mollare, perché la scrittura di Margaret

Leaming era terribile e quella di Alice non era di certo meglio, vidi qualcosa che non aveva senso.

Ero incappata in quella che sembrava la suddivisione delle bancarelle alla fiera, una cosa piuttosto innocua. Si trattava di un foglio dattiloscritto con l'ubicazione di ogni postazione, il contenuto esposto e il responsabile. La maggior parte delle informazioni era stata dattiloscritta, ma Alice aveva appuntato a mano i nomi delle persone.

Non ricordavo di avere partecipato alla riunione in cui era stato stabilito il tutto, il che non aveva alcun senso, visto che ero stata coinvolta in ogni fase dell'organizzazione. Poi la data mi chiarì ogni cosa: era il giorno in cui avevo portato Lizzie dal veterinario per il suo controllo annuale. Alice e Margaret si erano incontrate a casa di quest'ultima, dove c'era una macchina da scrivere.

Il documento era alquanto noioso, tranne che per una parola che Alice aveva scritto nell'angolo in alto a sinistra. Non aveva nulla a che fare con la fiera, e non avevo idea del motivo per cui Alice l'avesse scritta.

Aveva scarabocchiato: *Sheraton?*

Di recente avevo sentito pronunciare quella parola, quando Margaret Leaming mi aveva comunicato che la credenza che avevo ammirato a casa sua non era autentica. Per quale ragione Alice aveva annotato il nome del produttore di mobili su un documento che riguardava la fiera del villaggio?

13

La mattina seguente continuava a essere perplessa in merito alla strana annotazione che avevo trovato. Aveva ancora meno senso del giorno precedente.

Ruby era riluttante ad andare al lavoro e a lasciarmi sola, dopo avere saputo quello che era accaduto. Mi fece promettere di rimanere a casa, tranne nel caso di una grave emergenza, e di tenere tutte le porte chiuse. Speravo che per lei fosse una "grave emergenza" fare visita alla tata degli Harrington, perché avevo intenzione di andare a parlare con lei non appena avessi scoperto dove abitava.

Stavo per uscire fuori in giardino, quando bussarono alla porta. Andai in salotto a sbirciare da dietro le tende per vedere chi fosse. Ruby sarebbe stata molto orgogliosa di me.

Dopodiché mi affrettai a raggiungere l'ingresso. «Ispettore».

«Buongiorno, signora Miller».

«Entri», dissi. «Ci sono notizie?»

«Sì». Appese il cappello e mi seguì in salotto. «La prego, non si disturbi a mettere su il bollitore. Mi tratterrò poco».

«Ha scoperto chi ha spedito il pacco?».

Lanciò un'occhiata all'ingresso. «Abbiamo scoperto che è stato lasciato sulla porta di casa sua, invece di essere inviato tramite la posta».

Sospirai. «Avrei potuto dirglielo io. Il pacco non aveva alcun tipo di timbro, quindi era piuttosto ovvio che fosse stato consegnato a mano. E se sta cercando mia sorella, è al lavoro».

«Non stavo…». Le sue orecchie diventarono rosa. «Dal momento che il pacco è stato consegnato a mano, sarà difficile risalire al mittente. È tutto molto generico, dalla carta usata per avvolgerlo allo spago, e la scritta era in stampatello».

«Nulla di quello che mi sta dicendo è una novità».

«Le informazioni che sono venuto a condividere con lei riguardano gli omicidi. Per quanto concerne il pacco, sappia solo che stiamo indagando. Spero la tranquillizzi».

«Temo di no». Un brivido mi attraversò il corpo, mentre ricordavo l'orrore che avevo provato quando l'animale morto era caduto dalla carta da pacchi. «Due miei compaesane sono state uccise, e ora sembra che io sia stata presa di mira. Mi dica, come posso sentirmi al sicuro?»

«Due agenti di polizia in uniforme pattuglieranno il villaggio», annunciò. «Questo dovrebbe scoraggiare il colpevole».

«Cyril Bottomley vive qui e non ha rappresentato alcun deterrente», sbottai. «Mi sentirò di nuovo al sicuro in casa mia soltanto quando avrò scoperto chi è l'assassino».

«Comprendo la sua frustrazione». Si scostò dalla fronte una folta ciocca di capelli biondi e ondulati. «Tuttavia, le devo chiedere di lasciare le indagini a me. Non solo è il mio lavoro, ma ho l'esperienza e la competenza che lei non possiede. Per non parlare del fatto che tentare di scoprire l'assassino da sola potrebbe metterla inutilmente in pericolo».

«Quali sono le novità?». Non avevo intenzione di discutere con lui, volevo solo che mi comunicasse le ultime notizie e che se ne andasse, in modo che i miei vicini potessero venire a trovarmi per aggiornarmi su ciò che avevano scoperto.

«Il patologo è certo che entrambe le donne siano state uccise con il cianuro. Spero di restringere rapidamente la cerchia dei sospettati, perquisendo le case e i giardini di tutti».

Mi lasciai sfuggire una breve risata. «Be', è un esercizio inutile, ispettore. Lasci che glielo dica, sono in molti a Westleham a tenere una certa quantità di cianuro nel capanno del giardino».

«Perché mai qualcuno dovrebbe conservare del veleno mortale nel proprio capanno?».

Sorrisi. «Dato che non vive in campagna, sorvolerò sulla sua ignoranza. Il cianuro viene di solito impiegato nella distruzione dei nidi di vespe. È presente anche nel veleno per topi».

Quando udì quest'ultima informazione, inarcò un sopracciglio. «Chi possiede una simile sostanza?»

«Io per esempio», ammisi, «e qualsiasi giardiniere serio. George Felton ne avrà quasi sicuramente una scorta. Sa che è il giardiniere degli Harrington?»

«Sì, lo so». Il detective si irritò. «Come ho già detto, siamo soddisfatti dell'alibi che ci ha fornito per entrambi gli omicidi».

«Ho un'informazione da condividere con lei», gli dissi. «Potrebbe non significare nulla o essere qualcosa di molto importante. Ieri sera ho esaminato le carte di Alice. Sono per lo più documenti del comitato, quindi non sono affatto interessanti. Tuttavia, c'è un appunto a margine di una pagina. Non ha alcuna attinenza con il resto, che è stato battuto a macchina».

«Cosa c'è scritto?»

«Solo una parola», risposi, sentendomi una sciocca. «Sheraton».

«Sheraton?». Si accigliò. «Come i mobili?»

«Mi è sembrato strano, perché domenica pomeriggio, quando sono stata a casa della signora Leaming, ho notato l'impressionante credenza che ha in salotto, e lei si è affrettata ad assicurarmi che si trattava di un falso. Lì per lì non ci ho fatto caso, perché quel giorno aveva un comportamento davvero bizzarro».

«Temo di non potere indagare su qualcuno in base ai suoi bizzarri comportamenti. Mi servono delle prove».

«Allora le consiglio di andare subito a trovarla per raccogliere queste prove di cui ha bisogno», gli comunicai. «Mi ha informata che vuole vendere la casa e lasciare il villaggio. Anche questo è strano, non trova?»

«Le ha detto perché se ne va?».

Allargai le braccia con i palmi rivolti verso l'alto. «Sostiene di avere paura».

«Non le crede?»

«Non lo so». Avrei voluto che afferrasse al volo quel che era lampante come il naso sulla sua faccia: Margaret Leaming stava nascondendo qualcosa. «Deve parlarle».

«Va bene», acconsentì. «Andrò a trovarla mentre sono in paese, anche se non sono sicuro che servirà a qualcosa. Quale sarebbe il suo movente?»

«Lo ignoro», ammisi. «Era piuttosto fuori di sé ieri mattina quando è venuta a trovarmi. Ha accusato sia me che Alice di essere delle ficcanaso».

Il detective si agitò sulla sedia, capii subito che la pensava come il vicario: la gente di Westleham era troppo curiosa. «Di nuovo, non posso indagare su qualcuno in base a…».

«Vada a trovarla», lo interruppi stizzita. «Sto cercando di aiutarla indicandole la direzione da seguire. Già che c'è, scopra anche chi si occupa del suo giardino e in che modo lo paga».

«Perché mai dovrei farlo?».

Non volevo ribadire che non lo sapevo, nonostante fosse la verità. Se avessi conosciuto tutte le risposte, non avrei avuto bisogno di lui, l'assassino sarebbe già stato smascherato e Westleham sarebbe potuta tornare alla normalità. Invece, ero lì a essere sospettata di avere commesso un crimine e, a mia volta, sospettavo dei miei vicini. Eccezion fatta per Maud. Ero abbastanza certa che, se mi avesse voluta morta, mi avrebbe già spedita sottoterra al cimitero.

«Non ha problemi di soldi», dichiarai, «e, a quanto pare, possiede una casa in Cornovaglia. Le cose non quadrano. È apparsa in paese all'improvviso e nessuno sa nulla di lei. Più cose scopro e meno ha senso».

«C'è qualcuno in questo villaggio di cui si fidi, signora Miller?»

«Di me, Ruby e forse del vicario».

«Tutto qui?». Sorrise. «È solo un "forse" per il vicario?».

Scrollai le spalle. «Sembra di fiducia, ma non lo conosco da abbastanza tempo per esserne certa. I piccoli villaggi nascondono sempre molti segreti, ispettore. La maggior parte delle persone ha almeno uno scheletro nell'armadio. Forse qualcuno ha commesso quegli omicidi per evitare che il suo diventasse di dominio pubblico».

Si alzò in piedi. «Devo andare. La prego di ricordare ciò che le ho comunicato poc'anzi, signora Miller: dei poliziotti in uniforme pattuglieranno il villaggio. Spero che questo la faccia sentire più al sicuro».

Era chiaro che pensava che avessi vaneggiato, e che mi assecondasse piuttosto che prendere sul serio le mie preoccupazioni. Se solo fossi stata più eloquente, avrei potuto spiegargli meglio ciò che intendevo, invece di sembrare una sciocca paranoica.

«Mia sorella di solito rincasa dal lavoro verso le sei. Magari potrebbe tornare ad aggiornarmi sui suoi progressi verso quell'ora».

«Non sarà necessario», affermò rigido.

«Oh, che peccato». Sorrisi perfidamente. «Sarà dispiaciuta di non averla incrociata».

«Davvero?», chiese all'istante, troppo in fretta per un uomo che fingeva di non essere interessato.

«Magari potrebbe fare un salto a rassicurarla», suggerii. «Sono sicura che le sarà molto grata».

«Sì... vedrò se ho tempo». Si avviò lungo il corridoio per recuperare il suo cappello. «A dopo, signora Miller».

Quando uscì, vidi Maud Burnett che si affrettava ad andare dal vicario con la busta che le avevo consegnato quella mattina.

«Buona giornata, ispettore».

«È tutto molto eccitante!», esclamò Maud, mentre entrava con le guance arrossate. «Mi sento come una spia!».

Andammo in cucina. Lei aprì la busta e tirò fuori il singolo foglio su cui avevo scarabocchiato le mie deduzioni la sera precedente. Luke vi aveva scritto sopra con l'inchiostro rosso: *Non c'è alcun collegamento evidente tra i due omicidi.* Una dichiarazione alquanto inutile. Lo sapevo già. Era per quel motivo che avevo messo nero su bianco i miei pensieri.

«Il vicario non ha scoperto nulla di nuovo». Non riuscii a nascondere la delusione nella mia voce.

«Al contrario», affermò Maud. «Guardi qua». Con una certa impazienza, tirò fuori un foglio più piccolo.

«Di cosa si tratta?»

«Le informazioni che ha chiesto a Luke sulla signora Leaming». Gli occhi di Maud brillarono. «Non è mai stata sposata, almeno non con il nome Margaret Leaming».

«Non sono sicura di capire».

«L'amico del vicario ha riferito che non esiste alcuna Margaret Leaming della giusta fascia d'età che risulti essersi sposata. Nessuna donna chiamata Margaret Leaming, o che è diventata tale in seguito alle nozze. Non so lei, ma io penso che mentire su un marito morto sia una cosa piuttosto brutta».

«Sono d'accordo con lei». Battei la penna sul foglio. «Significa che è una bugiarda e una persona cattiva, ma non fa di lei un'assassina».

«Il vicario ritiene che potrebbe essere questo il motivo per cui si è comportata in modo gentile con lei dopo la morte della signora Warren».

«In che senso?»

«Può darsi che volesse scoprire ciò che sapeva».

«Inoltre, avrà ritenuto che non avrei sospettato di lei, visto che si era comportata in modo gentile. Che donna sciocca. Io sospetto di tutti».

«Anche di me?», chiese Maud allegramente. «Che emozione!».

«Ho stabilito che né lei né il vicario potete essere l'assassino».

«Oh, non dovrebbe escludere il vicario. Sono certa che sia capace di grandi passioni».

«È giunto al villaggio solo da pochi giorni», protestai. «Non è abbastanza per odiare qualcuno tanto da ucciderlo».

«Suppongo abbia ragione», constatò Maud. «Quindi Ada Garrett è ancora sulla sua lista? Sarà sconvolta. Credo che ora lei le piaccia abbastanza».

«Davvero?». Abbassai lo sguardo sulle caselle del foglio. Quelle accanto al suo nome erano per lo più vuote. Non mi era venuto in mente nessun valido motivo per cui avrebbe potuto volere morta una delle due donne, né l'occasione in cui avrebbe potuto avvicinarsi abbastanza alla signora Harrington da avvelenarla.

«Non ha menzionato Stan nemmeno una volta», mi riferì Maud.

«Be', è un bel passo avanti», concordai. «È riuscita a scoprire qualcosa in merito al proprietario del cottage in cui vive la signora Leaming?»

«Sì». Maud tirò fuori da una tasca laterale della sua borsetta un foglio di carta piegato. «Il cottage è di proprietà dei figli della signora Jones. Ad affittare la casa alla signora Leaming è un fondo che gestisce le loro proprietà».

Alzò lo sguardo dalla pagina per assicurarsi che stessi ancora ascoltando. «Vada avanti».

«Ecco la parte interessante», disse, come se non lo avessi già dedotto. «L'affitto è stato versato con un assegno. Il nome sull'assegno non è quello della signora Leaming. Il pagamento viene fatto direttamente all'agenzia immobiliare il primo di ogni mese».

«Chi versa l'affitto?»

«Arthur Wade».

La mia eccitazione si affievolì. Non sapevo cosa aspettarmi, ma di certo non quel nome che non avevo mai sentito. Un altro pezzo del puzzle che non aveva senso. «Come ha ottenuto le informazioni la signora Garrett?»

«So solo quello che mi ha riferito il vicario, cioè che è stata la donna delle pulizie dell'agenzia immobiliare a localizzare le informazioni».

«A localizzarle? Che cosa significa?».

Maud scrollò le spalle. «Non so nulla di più di quello che le ho detto».

Possedevo dei dati in più, ma non mi avevano fornito un maggior grado di chiarezza. «La signora Garrett conosce il nome della tata degli Harrington?»

«Sì, si chiama Nancy Turner e vive a Lambcott, a tre porte dalla chiesa».

«Dovrò prendere l'autobus». Mi alzai per rovistare in un cassetto. «Ero certa di avere riposto qui l'orario delle corriere».

«Pensa che sia una buona idea?»

«Come faccio a parlare con Nancy se non la vado a trovare?». Presi il foglio che stavo cercando e tornai a sedermi.

«Non vorrei che le succedesse qualcosa», dichiarò Maud

con uno sguardo preoccupato, che faceva risaltare più del solito le rughe sul suo viso. «È una vicina così tranquilla. Non vorrei mai che qui avessimo gli stessi problemi che hanno avuto a Winteringham!».

Erano tutti al corrente dei problemi di Winteringham, un villaggio vicino, dove un padre con troppi soldi e poco buon senso aveva concesso al figlio l'uso di un cottage nel centro del paese. I genitori del ragazzo vivevano a Londra e non soggiornavano mai nella casa, che un tempo era appartenuta a un'anziana zia. Avevano concluso un accordo molto avventato. Pur non avendo figli, persino io sapevo che i giovani senza freni erano capaci di commettere ogni sorta di cose, nessuna delle quali era buona.

«La ringrazio, signora Burnett», dissi. «Mi sento meglio ora che so che si preoccupa per la mia incolumità».

Nessuna di noi due aveva accennato al fatto che ero scoppiata in lacrime la sera precedente. Non so chi fosse più imbarazzata per la mia effusione di emozioni.

«Il vicario mi ha anche detto di riferirle che Florence Noble non ha riempito i bicchieri che aveva sul vassoio. Li ha trovati già pronti, quando è tornata nel tendone. Era convinta fosse opera sua».

«No, non lo è». Aggrottai le sopracciglia. «Io mi sono limitata a girare i bicchieri, in modo che fossero pronti per essere riempiti».

«Oh, cielo!», esclamò la signora Burnett. «Non credo che il vicario l'abbia annotato sul foglio. Avrebbe dovuto?».

Non mi importava del mio pezzo di carta scarabocchiato. Quest'ultima informazione era più rilevante dei miei pensieri sparsi.

«Torno subito». Andai in salotto a prendere un altro paio di fogli dallo scrittoio. La carta era spessa e di buona qualità, del tipo che si usa per scrivere le lettere alle persone, quando si vuole fare una dichiarazione. Non il tipo che avrei dovuto utilizzare per annotare i miei pensieri su un assassino.

Mi fermai sulla soglia a guardare lo scrittoio. Quante volte avevo visto Stan seduto lì, di sera, a scrivere delle lettere? Troppe per contarle. Non riuscivo a ricordare se gli avevo mai chiesto per chi fossero. Se l'avevo fatto, non rammentavo più la risposta.

Mi sembrava piuttosto irriverente usare la carta da lettere di Stan per i miei sforzi da detective. Un piccolo brivido di eccitazione mi attraversò. Era piacevole sapere che Stan non avrebbe approvato l'utilizzo che stavo facendo della sua carta e il mio impegno per individuare l'assassino. Ma Stan se n'era andato, e compiacerlo durante il nostro matrimonio non mi aveva portato a nulla, quindi avrei fatto di più come mi pareva, ora che non poteva più castigarmi.

«Cos'altro deve scrivere?», mi domandò Maud, mentre tornavo a sedermi al tavolo della cucina.

«Delle cose», risposi. Quando aprì la bocca per parlare di nuovo, alzai una mano. «In questa pagina ho annotato i nomi, i moventi, i mezzi e le opportunità. Su quest'altra scriverò le cose che sappiamo, ma che non hanno senso. E nell'ultimo foglio di carta metterò quel che dobbiamo ancora scoprire».

«È molto intelligente, signora Miller», disse Maud. «Chi l'avrebbe mai detto?».

Sorrisi, tenendo conto solo della prima parte della frase pronunciata dalla mia vicina. «Ora pensiamo alle indagini. L'autobus parte tra quarantacinque minuti e io devo assolutamente prenderlo, se voglio parlare con Nancy e tornare in tempo per preparare la cena per Ruby».

Dopo una corroborante tazza di tè e un panino alla marmellata, mi ritrovai sull'autobus diretto a Lambcott. In quel vecchio e sgangherato veicolo, potevo avere un po' di tregua dal caldo torrido soltanto quando la porta si apriva e si chiudeva per fare salire e scendere i passeggeri.

Al posto dei miei soliti abiti, ovvero una camicetta logora e i pantaloni da giardinaggio, avevo indossato un vestito preso dal lato sinistro dell'armadio. Le camicie, i pantaloni, i maglioni e l'unico abito buono di Stan erano ancora appesi ordinatamente nel lato destro, come se aspettassero che il loro proprietario venisse a reclamarli. L'altro lato, invece, era dedicato alla mia roba, con i pochi vestiti che avevo indossato al lavoro. Non toccavo quegli indumenti da oltre sei anni, dal giorno cioè in cui avevo smesso di lavorare, il giorno prima di sposare Stan.

Il vestito era ormai di un grigio molto sbiadito, ma comunque più appropriato per una visita rispetto al mio solito abbigliamento da giardinaggio o ai capi che mettevo tutti i giorni, quelli che mi erano stati regalati da mia madre e avevano visto giorni migliori.

Quando la corriera si fermò nel centro di Lambcott, contai la terza casa dopo la chiesa. Era una graziosa casetta con dell'edera verde bottiglia che si arrampicava su un lato. Scorsi dei cespugli di rose nel giardino anteriore e, d'istinto, seppi che mi sarebbero piaciuti gli abitanti di quella dimora. Come avrei potuto non apprezzarli, visto il loro giardino immacolato?

Bussai alla porta, sperando che mi invitassero a entrare e che avessero qualcosa di fresco in frigorifero. Il mio vestito elegante non era affatto estivo. Desiderai possedere una di quelle creazioni leggere lunghe fino a metà polpaccio, quelle che indossavano le modelle sulle riviste che Ruby portava a casa. Ma era una frivolezza. Non avevo bisogno di bei vestiti, dal momento che trascorrevo la maggior parte del tempo in ginocchio nell'orto a curare le verdure.

«Sì?». Una donna di mezza età mi scrutò da dietro degli occhiali spessi. «Come posso aiutarla?»

«Abita qui Nancy Turner?»
«Sì». La donna incrociò le braccia sul petto. «Sono sua madre. Lei chi è?»
«Mi chiamo Martha Miller, vengo da Westleham». Allungai una mano in segno di saluto. «Piacere di conoscerla».
«Altrettanto». La signora Turner mi guardò con circospezione. «Cosa posso fare per lei?»
«Mi chiedevo se fosse possibile fare due chiacchiere con Nancy. Per favore, è molto importante».
«A proposito di cosa?». Il suo tono non era ostile, ma nemmeno cordiale.
«Mamma, chi è?». Una voce giovanile risuonò alle spalle della signora Turner.
«Nessuno», rispose la madre. «Torna in cucina».
«La prego, signora Turner», la implorai. «Devo assolutamente parlare con Nancy».
«Con me?», chiese la ragazza, posizionandosi proprio dietro la madre.
Avevo intravisto Nancy in giro per il villaggio con i bambini degli Harrington, ma non mi era mai capitato di starle così vicino. Era eccezionalmente bella. I suoi grandi occhi verde-azzurri dominavano il viso incorniciato da folti capelli scuri. Pensai che assomigliasse alle foto di Vivien Leigh sulle riviste.
«Sì, se può, gliene sarei grata. Non le ruberò molto tempo».
«È di Westleham, vero?». Nancy mi studiò al di sopra della spalla della madre.
«Esatto».
«Non ci vedo nulla di male», dichiarò la ragazza alla madre. «Puoi assistere alla conversazione, se sei preoccupata».
«Certo che sono preoccupata», replicò la signora Turner. «Lavoravi per una donna di quel villaggio che ora è morta».
La signora Turner era riuscita a fare sembrare la signora Harrington colpevole di essere deceduta. O forse si vergo-

gnava che Nancy avesse vissuto in una casa dove era stata uccisa una donna?

«Andiamo in salotto, mamma». Nancy spalancò la porta. «Venga, signora Miller».

Nonostante l'atteggiamento della signora Turner, era chiaro che fosse sua figlia ad avere il polso della situazione.

Nancy si accomodò accanto al caminetto, su una poltrona dall'aspetto estremamente confortevole. La madre si posizionò proprio dietro la figlia. Io mi sedetti di fronte, contraccambiando il sorriso amichevole di Nancy. «La ringrazio di avere accettato di parlare con me».

«Mi mancano i bambini», disse. «Per caso sa come stanno?»

«Temo di no». Posai la borsetta sul pavimento accanto ai miei piedi. «Non sono più tornati al villaggio. La madre della signora Harrington è venuta a portarli a vivere con sé».

«Con ogni probabilità perché il loro padre è vergognosamente libidinoso e la loro madre era alquanto pazza». La signora Turner contrasse le labbra in una linea così sottile che quasi scomparvero.

«Suvvia, mamma», intervenne Nancy con estrema pazienza, «non è del tutto esatto».

«Le dispiacerebbe dirmi la verità?», domandai.

«Non ho nessun problema a farlo, ma gradirei capire perché lo vuole sapere. Non lavoro più per gli Harrington, ma sono leale alle persone che mi hanno assunto».

«È davvero ammirevole». Nancy mi piaceva molto. Sembrava una ragazza onesta, per niente frivola o stupida come le sue coetanee. «Sto cercando di risolvere gli omicidi. Ora, mi rendo conto che la troverà un'ambizione piuttosto inverosimile, ma credo di potere scoprire più cose della polizia dalla gente del villaggio, e vorrei tanto che tutto tornasse alla normalità».

Nancy annuì una volta per farmi capire che aveva deciso di parlare. «Il signor Harrington è un uomo importante a Westleham, ma non è molto gentile. Era piuttosto scortese con la povera signora Harrington, anche se lei beveva più del dovuto».

«Lo faceva perché lui era scortese con lei, o era piuttosto il contrario?».

Ponderò la mia domanda per un momento. «Non mi ero mai soffermata a riflettere sulla questione, ma direi la prima. La signora Harrington alzava il gomito ogni volta che si scambiavano parole spiacevoli».

«Non è ciò che ho detto io», precisai. «Se avevano uno scambio, significa che anche la signora Harrington era scortese con lui».

«Infatti è così, signora Miller». Nancy arrossì appena, abbassando lo sguardo sul suo grembo. «Ogni volta che il signor Harrington tornava a casa, di norma criticava qualcosa che la signora Harrington aveva o non aveva fatto. Per inciso, era sempre molto gentile con me. Allora la signora Harrington scoppiava a piangere e si metteva a gridare che, se era così scontento di lei, aveva solo da chiedere il divorzio e sposare la poco di buono che frequentava».

«Santo cielo!», esclamai. «Che terribile situazione».

«Capirà come mai non fossi felice che mia figlia vivesse con una famiglia del genere», intervenne la signora Turner. «Un uso eccessivo di alcol e un uomo con l'occhio errante. La mia Nancy è una brava ragazza, ma, se fosse rimasta ancora un po' sotto lo stesso tetto di quei due, la sua reputazione non avrebbe tardato a essere rovinata».

«Certo, comprendo che abbia rischiato grosso». Nancy era una ragazza così attraente che presto la gente sarebbe venuta a sapere delle accuse della signora Harrington e avrebbe puntato il dito contro di lei. «Ha delle prove in merito al tradimento del signor Harrington?»

«No e lui non si è mai comportato in modo scorretto con me». Nancy si mordicchiò il labbro. «Cioè, non si è mai avvicinato a me, ma a volte non mi piaceva il modo in cui mi guardava».

«Mi dispiace molto per quello che ha vissuto». Rammentai che la signora Rogers dell'ufficio postale mi aveva detto che Ernest Harrington trascorreva molto tempo al pub. Mi venne in mente che non ero sicura se fosse una cosa che faceva con regolarità o se era un'abitudine che aveva preso solo dopo la morte di Elsie. «Il signor Harrington usciva spesso dopo che avevano litigato?»

«Sempre». Nancy annuì con vigore. «La signora Harrington non si è mai fidata di me, ma suppongo che fosse sicura quanto me che, quando il signor Harrington usciva di casa, era per andare dalla sua amante».

Sul finale Nancy aveva abbassato ulteriormente la sua voce, come se avesse pronunciato una parolaccia. La signora Turner fece una smorfia. «Disgustoso».

«Sa chi è?»

«No, non sono affari miei. Ho fatto del mio meglio per proteggere i bambini da quello che stava succedendo. Dopotutto, era il mio lavoro».

«Il signor Harrington passava molto tempo al pub?»

«Usciva spesso la sera», dichiarò Nancy con cautela. «Non saprei dirle dove andava».

«Ha per caso notato qualche traccia della relazione extraconiugale?». Mi tornarono in mente le cose che faceva Stan. All'epoca mi erano sembrate innocue, ma in seguito si erano sommate al fatto che chiaramente mi aveva nascosto qualcosa. «Tipo scrivere delle lettere che poi nascondeva non appena qualcuno entrava nella stanza, uscire a telefonare a orari strani, non tornare a casa dal lavoro alla solita ora… questo genere di cose».

Nancy aprì la bocca per rispondere, ma poi la richiuse.

Trattenni il respiro, mentre lei rifletteva sulla mia domanda. «Stavo per dirle di no, ma suppongo che siano tutte cose che nota una moglie, non io. I bambini mi tenevano molto occupata, quindi non ero sempre al corrente di ciò che faceva il signor Harrington. Tuttavia, una cosa strana è accaduta. Lì per lì non ci ho fatto molto caso e non ho nemmeno fatto domande, perché volevo mantenere il mio lavoro».

«Di cosa si tratta?», chiesi con impazienza, sporgendomi in avanti come se la risposta di Nancy potesse raggiungermi più in fretta.

«Ogni tanto, quando avevo il pomeriggio libero, il signor Harrington mi chiedeva di imbucare una lettera per lui. Non ci sarebbe nulla di male, senonché, come ben sa, gli Harrington sono i gestori dell'ufficio postale. Perché non si portava la lettera sul lavoro per imbucarla lui stesso?»

«Ottima domanda. Ed è giunta a una qualche conclusione?»

«Solo che il signor Harrington non voleva che qualcuno lo vedesse imbucare quelle lettere».

«Suppongo che non abbia notato l'indirizzo sulla busta».

«Erano indirizzate a un uomo di Edgecumbe, ma temo di non ricordare né il nome né l'indirizzo».

«La ringrazio, Nancy, è stata molto utile».

«Ora, signora Miller», disse la signora Turner, «rimanga al suo posto, mentre io vado in cucina a prendere un vassoio di bevande fresche. Avrà una gran sete dopo il viaggio in autobus e tutto questo parlare».

«È molto gentile da parte sua», risposi. «Gradirei molto bere qualcosa».

«Manca ancora un po' all'arrivo dell'autobus», dichiarò Nancy. «Si metta pure comoda. Ora che la mamma sa di non doversi preoccupare, scommetto che tornerà con un vassoio carico di ogni sorta di ben di Dio».

Nancy aveva ragione. Sua madre riapparve con bevande fredde, panini e persino alcune focaccine alla frutta. Mi concessi un po' di relax e due chiacchierare con le Turner, finché non giunse la mia ora.

Il momento di salire sull'autobus e di ripiombare nella vita reale arrivò troppo presto per me. Mentre il pullman sfrecciava per la campagna, riflettei su quel che avevo appreso da Nancy e su cosa significasse per le indagini.

A chi scriveva Ernest Harrington a Edgecumbe? C'entrava qualcosa con la relazione che Nancy era certa avesse?

14

Maud mi intercettò lungo la strada di casa, bloccandomi. «Ehilà, signora Miller!».

«Buon pomeriggio, signora Burnett».

«Il vicario è a casa mia», sussurrò.

«Allora perché lei è qui fuori?»

«Per avvertirla». Maud guardò a destra e a sinistra, poi di nuovo me. Stava prendendo il suo ruolo da intermediario un po' troppo sul serio. Più che una spia, sembrava furtiva. Se qualcuno l'avesse osservata, avrebbe ritenuto il suo comportamento molto sospetto. «Vada nel suo giardino e passi nel mio attraverso il cancello sul fondo. L'ho già sbloccato, quindi non deve fare altro che spingere. Il vicario sostiene di avere qualcosa di enorme importanza da dirle».

«Di che si tratta?»

«Mi ha chiesto di tenere la bocca cucita». Maud fece un movimento impaziente con la mano. «Si sbrighi, signora Miller, sono ansiosa che senta le ultime notizie».

Aprii la porta e accarezzai distrattamente Lizzie sulla testa, mentre mi affrettavo a uscire sul retro. Morivo dalla voglia di togliermi le scarpe e di infilare i miei piedi bollenti nel barile dell'acqua piovana in fondo al giardino, ma avrei dovuto aspettare. Avevano bisogno di me nella casa accanto.

Lasciando Lizzie libera di scorrazzare per il giardino, attraversai il cancello che separava la mia proprietà da quella della signora Burnett. Lei mi stava già aspettando sull'uscio sul retro. «Svelta!».

Non appena entrai, chiuse la porta alle sue spalle e girò la chiave. «Non chiude mai a chiave».

«*Dovrebbe prendere* esempio da me», replicò lei. «Non sa che c'è un assassino che si aggira per il villaggio?».

La scelta delle parole mi fece ridere, ma poi intercettai con lo sguardo il vicario seduto al tavolo della cucina di Maud. Santo cielo, sembrava passata un'eternità dall'ultima volta che l'avevo visto, anche se, in realtà, l'avevo incontrato il pomeriggio del giorno precedente.

«Sono felice di sapere che sia tornata a casa sana e salva, signora Miller».

«La ringrazio, vicario», dissi impacciata. «La trovo particolarmente bene oggi».

Aveva addosso una camicia bianca, come suo solito, ma le maniche erano arrotolate e mettevano in mostra gli avambracci possenti. Non credevo che i vicari potessero avere i muscoli: di certo non li aveva sviluppati scrivendo sermoni o battezzando bambini.

«È così che si amoreggia al giorno d'oggi?»

«Signora Burnett!», quasi mi strozzai. «Volevo solo dire che il vicario non ha un aspetto accaldato…».

«Oh, mi faccia il piacere, signora Miller». Maud scosse la testa come se l'avessi profondamente delusa. «Ne riparleremo più tardi».

Altro che immergere i piedi nel barile dell'acqua piovana! Se ci avessi messo la testa, sarebbe uscito un bel po' di vapore. Ero così imbarazzata. C'era solo un modo per rimediare alla mia inettitudine.

«Parliamo degli omicidi», dichiarai.

«Mentre lei era via, mi sono dato da fare». Luke appoggiò un gomito sul tavolo.

«Che cos'ha scoperto?»

«Non posso prendermene il merito», precisò. «È stata la signora Garrett, grazie alle sue straordinarie conoscenze. Non credo che esista qualcosa che quella donna non sia in grado di scoprire».

Di certo si fa gli affari di tutti.

«Che cosa le ha riferito?»

«Ogni cosa su Arthur Wade».

«Arthur Wade?», ripetei. «L'uomo che versa l'affitto di Margaret Leaming?»

«Per l'appunto».

«Com'è giunto a parlare di Arthur Wade con la signora Garrett?».

Maud alzò il coperchio della teiera, aggiunse qualche foglia di tè, versò l'acqua calda e diede una bella mescolata. «Beviamoci una bella tazza di tè, mentre parliamo».

Avevo bevuto più tè nell'ultima settimana che in tutto il resto dell'anno. Era l'unico vantaggio delle mie indagini. A parte il tè della signora Garrett, ovvio. Avrei dovuto essere un po' più caritatevole, visto che era una povera vedova, ma personalmente preferivo non bere niente piuttosto che del tè orribile.

«Sono solo andato a trovarla per chiederle se le diceva qualcosa quel nome».

«Ed è così?»

«Sì», rispose.

«È questa la parte più eccitante!». Maud riempì tre tazze, con tutto il corpo che le tremava per l'entusiasmo a malapena contenuto.

«Come fa a conoscere quel nome?»

«Dai giornali!».

Luke lanciò un'occhiataccia a Maud. «Chi sta raccontando questa storia?»

«Mi scusi, vicario». Maud sorrise, con un'aria tutt'altro che contrita.

«Come mai Arthur Wade è finito sui giornali?»

«Perché è stato condannato», si affrettò a dire Luke, senza dubbio desideroso di battere sul tempo Maud, «per avere venduto dei mobili rubati».

«Lo Sheraton!».

«L'ispettore Robertson è tornato a Slough per discutere il caso con un esperto di antiquariato».

«La signora Leaming era coinvolta nei furti?»

«L'articolo di giornale che la signora Garrett ricorda di avere letto parlava di un uomo finito in prigione per avere rubato dei mobili dalle case bombardate. Per questo motivo aveva memorizzato il nome e il caso: che razza di persona deruba delle povere persone la cui casa è stata distrutta? Il detective ha chiamato Slough per avere la conferma che quell'uomo fosse stato rilasciato».

«Così presto?». Bevvi un sorso di tè. «Che vergogna».

«Hanno potuto accusarlo solo di un crimine», Luke fece una smorfia di disgusto, «ma la polizia è convinta che ne abbia commessi altri».

«La sua casa è piena di mobili». Feci una pausa, prendendomi un istante per riflettere. «Forse è per questo che è così insalubre, perché in pochi vorrebbero entrarci, visto l'orribile fetore causato dai gatti».

«Credo che sia per questo che domenica, quando è andata a trovarla, l'ha ricevuta in quello stato», commentò Luke. «La signora Warren era entrata in casa della signora Leaming e si era accorta che era piena di mobili antichi. Margaret ha, quindi, dovuto uccidere Alice per non essere denunciata alle autorità».

«Secondo lei, si è fatta prendere dal panico quando ha visto il trambusto che ha causato la sua morte?»

«Sì. Le si è ritorta contro, perché la polizia è arrivata in paese a curiosare e a fare domande».

«Io non credo che sia stata lei», intervenne Maud.

«Perché no? È plausibile».

«Per me è Charles il colpevole».

«Perché ha sentito dire che ha un'amante?»

«Sì, ha ucciso Alice per poter riscuotere i soldi dell'assicurazione e stare con la sua nuova donna».

«Non penso che le cose siano andate così», dichiarò Luke. «Ha davvero il cuore spezzato per avere perso la moglie».

«Sappiamo chi si occupa del giardino della signora Leaming?», domandai, quando il quesito senza risposta mi tornò in mente.

«George Felton, ovvio», rispose prontamente Maud.

«Potrebbero essere complici?», mi interrogai.

«Non dobbiamo dimenticare Joe Noble», dichiarò Luke. «Non era affatto contento quando ha capito che ero al corrente delle vendite illegali di alcolici. Il che mi rammenta che...».

Mi passò una busta sigillata sul tavolo. «Cos'è?»

«Quello che le deve», rispose Luke.

«Sarà davvero così o mi ha pagata per il mio silenzio?».

Scrollò le spalle. «Potrebbe essere sia l'una che l'altra cosa».

Infilai una mano nella busta e controllai il contenuto. Era abbastanza da permettere a me e a Ruby di passare una bella serata a Londra, con un bel gruzzolo d'avanzo. Forse mi sarei regalata un vestito nuovo.

«E poi c'è Ernest Harrington», dissi. «La tata degli Harrington mi ha rivelato che Ernest non era affatto gentile con Elsie. Inoltre, litigavano spesso perché lei era convinta che lui avesse una relazione».

«Santo cielo!». Maud schioccò la lingua. «Sembra che l'intero villaggio si dia alla pazza gioia».

Cercai di ignorare l'occhiata eloquente che lanciò in direzione mia e di Luke, ma ciò non mi impedì di arrossire per l'imbarazzo. Ricordai le parole del vescovo, e mi ripromisi di mantenere le distanze dal vicario non appena avessimo risolto il caso. Non era giusto che finisse sulla bocca di tutti. Finché Stan non si fosse fatto vivo e non mi avesse concesso il divorzio, o finché il suo corpo non fosse stato ritrovato, non potevo avere dei pensieri romantici per un altro uomo.

«Niente è come sembra», sentenziò Luke. «Il signor Harrington mi aveva dato l'impressione di essere molto premuroso nei confronti della moglie dopo la morte della signora Warren».

«E a volte tutto è esattamente come sembra», replicai a bassa voce, mentre il pezzo finale del puzzle scivolava al suo posto nella mia mente. «Perché ci siamo complicati la vita, quando la risposta era davanti ai nostri occhi?»

«Come?»

«Credo di sapere chi è il colpevole». Avevo parlato in preda al dubbio, ma, non appena pronunciai quelle parole, ne ebbi la certezza. «Sì, a volte tutto è proprio come sembra».

«Deve dirlo subito all'ispettore Robertson», insistette Maud.

«Dopo averlo detto a noi, chiaro!». Luke attese che pronunciassi il nome della persona che ritenevo avesse commesso gli omicidi.

«Oh, no, non posso dirlo al detective», replicai. «Non mi crederebbe. Non ho le prove, ma so esattamente come ottenerle».

«Non mi piace affatto la sua espressione», disse Luke. «Ha un piano?».

Scattai in piedi. «Sì. Devo andare in paese prima che l'ufficio postale chiuda».

«L'ufficio postale?». Luke inarcò un sopracciglio.

«In questo villaggio i pettegolezzi si diffondono laddove la gente si riunisce: o nei negozi o in chiesa. Se dico alla signora Rogers che so chi è l'assassino, tutta Westleham lo saprà prima di sedersi a cena».

«È il piano più sconsiderato che abbia mai udito», affermò Luke. «Correrà il rischio inaccettabile di essere colpita!».

«È quella l'idea».

«Oh, cielo», disse Maud. «Credo che abbia preso troppo sole. Il suo cervello è intorpidito».

«Non capite? Se dichiaro di sapere chi è stato, l'assassino proverà ad attaccarmi per assicurarsi che non parli».

«Il piano non è migliorato dopo questa sua spiegazione». Luke scosse la testa. «È un'idea ridicola. Non posso permetterlo».

«Non può permetterlo?». Il suo tono mi irritò. Tutti i bei pensieri sui suoi avambracci muscolosi svanirono dalla mia mente più in fretta del gatto di Maud quando incontrava Lizzie.

«Finirà col farsi uccidere», aggiunse con aria imbronciata.

«Non se informo l'ispettore Robertson del mio piano e mi faccio mandare degli agenti di polizia a catturare l'assassino».

«E se sopraggiungessero troppo tardi per impedire la sua morte?»

«Almeno sapreste chi è stato».

«Non faccia la spiritosa». Il vicario si avvicinò alla porta della cucina di Maud. «Non posso prendere parte a questa follia. Una cosa è indagare sugli omicidi, il che è già abbastanza pericoloso, un'altra è mettersi deliberatamente in pericolo. È da egoisti, Martha». La porta si chiuse con delicatezza alle sue spalle. Non so se fu la calma con cui uscì dalla casa o il modo in cui pronunciò il mio nome, ma provai la sensazione di avere appena perso qualcosa di molto speciale.

Più tardi quella sera, mentre preparavo la cena, raccontai a Ruby il mio piano. Le spiegai che ero andata in paese a informare la signora Rogers che avevo chiesto alla polizia di passare a trovarmi l'indomani mattina per sapere come avevo fatto a scoprire chi era l'assassino.

«Mi trovo a essere d'accordo con il vicario. Sembra inutilmente pericoloso. Non è per questo che abbiamo un corpo di polizia?»

«Il detective ha ritenuto il mio piano eccellente».

«Suppongo che lo sia», concordò Ruby, «se non morirai».

«Non morirò», la rassicurai.

«Lizzie abbaierà nell'istante stesso in cui qualcuno aprirà il cancello». Sul volto di Ruby affiorò un sorriso. «Non funzionerà».

«Lizzie resterà in camera con te. Se l'assassino sbaglierà stanza, garantirà la tua incolumità».

«Come farà l'assassino a sapere quale camera da letto prendere di mira?»

«Tutti i cottage di questa strada sono perfettamente identici. La camera da letto principale si affaccia sulla parte anteriore della casa. La stanza più piccola, sul retro».

«Pensi che l'assassino verrà stasera?»

«Io agirei subito, se pensassi che qualcuno conosce la mia identità ed è intenzionato a parlare con la polizia il giorno dopo. L'omicida cercherà di sicuro di mettermi a tacere stasera».

Ruby rabbrividì. «Non so come tu possa essere così calma, Martha. Stiamo parlando della tua morte».

«Ho fiducia nella polizia, e nessuno sentirebbe la mia mancanza».

«Martha!». Ruby sbatté la tazza sul piattino. «Il vicario ha ragione. Sei egoista. Che cosa terribile da dire. Io sentirei la tua mancanza. Mi mancheresti terribilmente».

«Scusa, sono stata sconsiderata». Mescolai la zuppa di verdure, poi mi avvicinai a lei per darle una pacca sulla spalla. «Sono tua sorella. È ovvio che sentiresti la mia mancanza».

«Non è per questo». Ruby sembrava sul punto di scoppiare a piangere. «Non è perché sei mia sorella. È perché sei tu, Martha. Davvero non hai idea di quanto io ti ammiri?»

«Io?»

«Sì». Si sporse in avanti per mettere una mano sulla mia. «Sei la sorella maggiore migliore al mondo».

«Sono io che ammiro te», dichiarai. «Sai così tante cose che sogno soltanto».

«Oh», disse lei con disprezzo, «sono solo cose. Chiunque può imparare a truccarsi, pettinarsi e vestirsi. Tu ti prendi cura di me ogni santo giorno. Per l'amor del cielo, Martha! Mi scaldi le pantofole in piena estate prima che io torni a casa dal lavoro».

«E continuerò a farlo fino al giorno in cui non ti sposerai».

Lei sbuffò. «Non succederà tanto presto».

«Davvero?», le chiesi, godendomi il legame affettivo che si stava creando tra noi due. «E quel tipo con cui ti ho visto martedì sui binari del treno? Sembrava piuttosto interessato».

«Te l'ho già detto», disse brusca, «non è nessuno».

«Ma...».

«Possiamo parlare di qualcos'altro?». Si girò e mi sorrise. «Che non riguardi lui o gli omicidi?»

«Non sono certa di sapere ancora condurre una conversazione che non riguardi la morte, il veleno o gli assassini».

«Ho dimenticato di dirti una cosa». Ruby prese un cucchiaino e mescolò con pigrizia il suo tè. «Mentre tornavo dalla stazione, ho visto Charles Warren fare entrare una donna in casa sua».

«Charles? Sei sicura?»

«Oh, sì», rispose lei. «Ti sembrerò la signora Burnett o la signora Garrett, ma in realtà ho smesso di camminare per osservare la scena. Lui ha aperto la porta, l'ha baciata sulla guancia e non indovinerai mai che cosa ha fatto dopo».

«No, non credo che lo farò. Cosa?»

«Ha preso la sua valigia e l'ha portata dentro casa, in pieno giorno. Non lo trovi sfacciato?»

«Forse era sua figlia».

«Martha, sai perfettamente che i Warren non hanno figli. Vivi a Westleham da abbastanza tempo».

Mi avvicinai all'Aga. La rivelazione di Ruby mi aveva lasciato con l'amaro in bocca. Avevo davvero creduto che Charles amasse Alice. Forse la signora Burnett aveva ragione, e tutti nel villaggio amoreggiavano di nascosto con qualcuno.

Mi sedetti sulla sedia ai piedi del letto. Una volta spalancata la porta della stanza, l'assassino avrebbe trovato il mio giaciglio vuoto. Se tutto fosse andato secondo i piani, il momento di smarrimento avrebbe dato alla polizia il tempo di balzare allo scoperto e arrestare il feroce avvelenatore prima che potesse farmi del male.

Il campanile della chiesa suonò le tre del mattino. Gli occhi mi bruciavano per averli tenuti aperti così a lungo oltre l'ora in cui di solito mi coricavo, ma non osavo chiuderli. Anche se c'erano degli agenti nascosti nella mia stanza, in salotto e con Ruby, ero terrorizzata, malgrado avessi dato a intendere di essere spavalda.

Mi sembrò di sentire un rumore all'esterno, ma avevo avuto la stessa impressione almeno una dozzina di volte. Trattenendo il respiro, come se servisse a rendere più fino il mio udito, mi sforzai di capire se il debole suono si ripetesse. Un leggero scatto mi lasciò intendere che qualcuno aveva appena chiuso il cancello del mio giardino.

Il mio cuore prese a martellare più forte del treno dei pendolari per Londra, e temetti che mi sarei sentita male. Avevo la sensazione che lo stomaco mi si fosse bloccato nei polmoni, rendendomi difficile respirare a fondo.

La paura mi stava impedendo di discernere i suoni reali da quelli inventati dalla mia mente in preda al panico, però non ebbi dubbi quando udii lo scricchiolio del terzo gradino dall'alto. Era riecheggiato nella casa silenziosa. Avevo i piedi freddi, anche se indossavo le pantofole. Mi chiesi se sarei stata in grado di muovermi, se si fosse reso necessario. O avrei avuto troppa paura? I miei muscoli avrebbero protestato dopo che era rimasta seduta immobile per così tanto tempo?

La maniglia della mia camera da letto si abbassò, e io desiderai chiudere gli occhi. Era troppo tardi per tirarsi indietro. La realtà era più terrificante di quanto avessi immaginato, peggio di qualsiasi incubo avessi mai vissuto.

La porta si aprì lentamente, e io serrai le dita intorno alla torcia che tenevo nella tasca della vestaglia. Non appena la figura vestita di scuro entrò nella mia stanza, premetti il pulsante e puntai il faro dritto sul volto sorpreso dell'intruso.

Questi afferrò un cuscino dal mio letto e, con un agile scatto, mi coprì il viso. Cercai di urlare, ma non mi uscì alcun suono.

Agitai la torcia nella direzione della testa di Ernest Harrington. Un forte colpo mi fece capire che avevo colpito il bersaglio. Il cuscino cadde a terra e, quando riaprii gli occhi, la mia camera da letto era piena di agenti di polizia.

Sapevo che Ernest Harrington avrebbe tentato di uccidermi, ma lo shock che avevo provato nel vedere i suoi tratti familiari, quando mi aveva messo il cuscino in faccia, mi aveva colta di sorpresa.

«Martha?». La voce di Ruby sembrò provenire da molto lontano. «Cara? Stai bene?»

«Sì», risposi, prima scoppiare rumorosamente a singhiozzare.

Qualcuno accese la luce della mia camera, e Ruby si fiondò a stringermi tra le sue braccia. Mi mormorò parole di conforto mentre mi accarezzava i capelli, cosa che mi fece piangere ancora di più. Com'era possibile che avessi dovuto attendere trentatré anni prima di ricevere un sincero segno di affetto?

Udii dei passi pesanti sulle scale di legno, e l'ispettore Robertson entrò nella stanza. «Sta bene, signora Miller? È stata davvero coraggiosa».

«Lo ha colpito in testa», disse Ruby. «Mia sorella è un'eroina».

«Sì, signorina Andrews, lo è».

«È morto?». Sbirciai oltre la spalla di Ruby.

«No, è soltanto svenuto».

«Peccato», dichiarò feroce Ruby.

«Stava per soffocarmi», sussurrai.

«Non gli avremmo mai permesso di arrivare a tanto», sentenziò il detective.

«Mi ha messo un cuscino sulla faccia», replicai con indignazione. «Ho creduto che il vicario avesse ragione, e di essere stata una vera pazza ad avere suggerito un simile piano strampalato».

«Tutto è bene quel che finisce bene». Ruby tirò fuori un fazzoletto dalla tasca della vestaglia e me lo passò.

«Ammanettatelo». Il detective indicò Ernest, e un agente in uniforme si fece avanti per eseguire gli ordini. «Non vogliamo che riprenda conoscenza e tenti di scappare. Sono troppo stanco per inseguirlo per tutto il villaggio».

«Santo cielo, guardatemi, non riesco a smettere di tremare». Mi portai le mani davanti al viso.

«Hai bisogno di una tazza di tè caldo», disse Ruby con decisione. «Prendiamo Lizzie e andiamo in cucina. Ti preparerò un pentolino di tè come si deve».

«Non possiamo...».

«Sì che possiamo», argomentò lei. «Se non ci permettiamo una bella tazza di tè forte e zuccherato dopo la notte che abbiamo passato, quando dovremmo berla?»

«Ma le nostre razioni non dureranno se...».

«Martha, non voglio sentire un'altra parola su questo argomento!».

Ruby mi fece alzare. Dopo avere aggirato Ernest Harrington ancora prono, ci avviammo verso la porta della camera da letto.

«La ringrazio, signora Miller». L'ispettore Robertson allungò una mano per posarla sul mio braccio. «Tornerò domattina per chiarire le ultime cose».

«*È* già domattina», precisò Ruby in un tono derisorio.

«Tornerò più tardi, quando avrete avuto il tempo di riposare».

Le sue orecchie divennero rosa e anche i suoi zigomi si arrossarono leggermente.

«La prego, ringrazi i suoi colleghi da parte mia», dissi. «Mi sono sentita al sicuro con loro in casa».

«Non avevi bisogno di nessuno, però». Ruby mi strinse il braccio. «Sono molto orgogliosa di te».

15

La mattina seguente, la signora Garrett, la signora Burnett e io ci sedemmo in cucina insieme all'ispettore Robertson. Ruby era andata al lavoro come al solito, nonostante non avesse chiuso occhio.

«Ha confessato?»

«Si rifiuta di parlare», rispose il detective.

«Chi?», chiesero all'unisono le signore Burnett e Garrett.

«Non gli ha rivelato il nome del colpevole?», domandò il detective con una risata.

«Ho atteso il suo arrivo per evitare di dovermi ripetere». Mi avvicinai alla finestra della cucina a guardare fuori: non c'era traccia di Luke. Avevo sperato che sarebbe passato a vedere com'erano andate le cose, ma evidentemente aveva di meglio da fare. Era inutile essere amareggiati. Il vicario non faceva per me. Il fatto che non mi avesse cercata dimostrava che era dotato di buon senso.

«Bene, signora Miller, da dove cominciamo?»

«Voglio sapere come ha fatto a capire chi era», disse Maud.

«Non sia ridicola», dichiarò Ada. «Una storia va sempre narrata dall'inizio, non dalla fine».

«Non ci sarei mai arrivata senza di voi». Sorrisi a Maud e Ada. «Siete state entrambe molto brillanti».

«Sì, lo siamo state. Non è vero?». Maud guardò il detective. «Per vostra fortuna».

«Comincerò dalla fiera», dichiarai. «All'epoca pensavo che qualcuno con un particolare movente avesse volutamente ucciso la signora Warren».

«Non è stata uccisa di proposito?», domandò Ada.

«No», risposi. «L'assassino voleva uccidere qualcuno, ma non aveva importanza chi».

«Non credo di comprendere». Maud si accigliò.

«Anch'io ho impiegato molti giorni ad arrivarci. Poi, all'improvviso, la risposta mi è balenata davanti in modo così evidente che mi sono sentita una sciocca a non averla vista subito».

«In questo caso, devo essere doppiamente stupida. Ero lì con lei ieri, quando è giunta alla sua conclusione, eppure non ho ancora capito un bel niente».

Mi allungai verso il centro del tavolo per recuperare i miei appunti. «All'inizio credevo che l'assassino avesse un motivo per uccidere Alice. Vedete qui, dove ho compilato queste colonne? Soltanto suo marito possedeva un movente valido». Girai il foglio. «Ma non aveva alcun movente per Elsie».

«Qualcun altro invece sì?», chiese Edith.

«Joe Noble, ma era molto debole».

Il detective si accigliò. «Davvero? Non credo che lei abbia condiviso questa informazione con me».

Abbassai lo sguardo sul pezzo di carta che avevo in mano. «Se per lei è lo stesso, preferirei che rimanesse tra me e Joe».

«Ha qualche rilevanza al fine delle indagini?»

«Nessuna».

«Allora va bene», dichiarò. «Vada pure avanti».

«Per quanto riguardava l'ultima colonna, c'erano così tante persone che avevano avuto l'opportunità di uccidere entrambe le donne, che ho avuto delle difficoltà a separare i fatti rilevanti dalla normale vita di paese. È raro che qualcuno non abbia alcun segreto. A mano a mano che li scoprivo, mi si aprivano nuove possibilità. Spesso le persone uccidono per mantenere la propria vita privata».

«Che cos'è questa storia dello Sheraton?», chiese Maud.

«Credo di potere rispondere a questa domanda», intervenne Ada. «Ha a che fare con l'uomo di cui mi ha chiesto, vero? Arthur Wade».

Un'espressione di ripugnanza affiorò sul volto del detective. «Un crimine davvero disgustoso. Che razza di persona saccheggia le case bombardate?».

Maud fece una smorfia. «Un parassita, ecco chi».

«In che modo è collegato alle indagini?»

«Lo abbiamo smascherato grazie alle informazioni da lei fornite, signora Garrett. È stata molto utile. Quando è venuto fuori che Arthur Wade versava l'affitto della signora Leaming, è diventato indispensabile capire chi fosse e perché stesse pagando una casa in cui non viveva».

«La signora Leaming in combutta con un criminale!». Maud scosse la testa. «Che vergogna!».

«Non è direttamente coinvolta nei furti», chiarì l'ispettore Robertson. «Crediamo sia stata una banda di uomini a compierli. La signora Leaming si limitava a fingere di essere una vedova di guerra e a tenere gli oggetti rubati in casa sua. Di tanto in tanto il signor Wade, o uno dei suoi complici, passava a prendere un mobile per rivenderlo. Erano attenti a non piazzarli nella stessa zona in cui li avevano rubati».

«Ma non era stato acciuffato?». Ada fece un'espressione particolarmente acida.

«È stato colto in flagrante a derubare una casa nel 1944», le spiegò il detective. «Solo dopo avere esaminato il cottage della signora Leaming siamo riusciti a incastrarlo per una serie di altri reati. Questa volta resterà dietro le sbarre molto più a lungo di due anni».

«Dovreste buttare via la chiave», sentenziò Ada con sentimento.

Maud picchiettò il foglio davanti a me. «Quindi Alice sapeva che la credenza della casa della signora Leaming era uno Sheraton?»

«Non so se ne fosse sicura, ma di sicuro lo sospettava. E la signora Leaming sapeva che Alice le stava addosso».

«Potrebbe averla uccisa per continuare a vendere i mobili rubati con quel tale Wade».

«Vero, ma non aveva motivo di fare fuori Elsie. Non aveva senso. Gli omicidi non sembravano avere un filo conduttore, a parte ovviamente il modus operandi».

«E George?»

«Il detective è stato categorico su questo punto: George non ha avuto l'opportunità di uccidere nessuna delle due donne. Non era nelle vicinanze del tendone poco prima della morte di Alice, ed era fuori Westleham quando Elsie è morta. Tuttavia, il vicario e io ci siamo resi conto che non era necessario che l'assassino fosse nei paraggi delle vittime designate. Bastava che avesse avvelenato le loro bevande».

«Il veleno poteva essere stato versato nella bottiglia di gin di Elsie in qualsiasi momento, e George era sempre lì a curare il giardino. Non mi sono mai fidata di quell'uomo».

«E cos'è questa storia delle fave?»

«Grazie ai documenti di Alice sono riuscita a verificare che George aveva dichiarato che le sue fave erano state distrutte dal misterioso sabotatore. Malgrado ciò, ha vinto il primo premio proprio grazie a quelle fave, ma era un movente abbastanza forte per uccidere Alice? Non ne ero sicura».

Ada prese la teiera per riempire le tazze di tutti. «Chiunque abbia ammazzato Alice potrebbe avere fatto fuori Elsie per farla tacere. Forse aveva scoperto qualcosa».

«Parliamo di Charles ora», annunciai. «L'ho ritenuto un probabile colpevole non appena ho appreso della grossa polizza assicurativa sulla vita di Alice. Mi vergogno un po' ad ammettere che io e il vicario lo abbiamo pedinato a Londra per cercare di sorprenderlo insieme alla donna che pensavamo frequentasse».

«E ci siete riusciti?», domandò Ada.

«No, non c'è nessuna donna».

«Meglio così. Mi piace il signor Warren. Era un buon marito per Alice. Era molto premuroso e lavorava sodo».

«Ruby l'ha visto insieme a una donna ieri sera, ma il detective mi ha informata che si tratta di sua sorella, quindi aveva un movente finanziario per la morte di sua moglie, ma nessuno per Elsie».

«Chi rimane?»

«Ernest Harrington».

«È lui?». Maud si sporse in avanti con un'espressione elettrizzata.

«Sì, è lui».

Ada scosse la testa. «Non capisco. È l'opposto del caso del signor Warren. Ha senso che volesse uccidere la propria moglie, ma perché avrebbe dovuto assassinare Alice?»

«Come ho detto prima, voleva soltanto uccidere qualcuno. Non aveva importanza chi. Quando Florence ha rivelato al vicario di avere trovato i bicchieri già pronti per essere serviti, mi sono resa conto che la morte di Alice era stata del tutto casuale. È servita per gettare una cortina fumogena sulle reali intenzioni dell'assassino».

«Oh, che cosa malvagia», mormorò Maud. «Povera Alice. E povero Charles. Perché il signor Harrington voleva la morte della moglie?»

«Ha quasi certamente una relazione».

«Non è sicura?», domandò il detective con un'espressione perplessa che gli alterò il bel viso. «Pensavo fosse convinta del suo ragionamento. Per questo ho accettato la farsa di ieri sera».

«Ne sono abbastanza sicura». Finii il mio tè. Per una volta non mi importava che la nostra scorta si stesse per esaurire. Chi badava a certe cose dopo la settimana appena trascorsa? «Era l'unica cosa sensata. La signora Rogers ha insinuato che Ernest trascorreva molto tempo al pub, alla tata era stato chiesto di inviare delle lettere a Edgecumbe, e la barista di Joe Noble proviene da quel villaggio».

«Un collegamento un po' azzardato». Il detective si passò una mano sulla mascella.

«Vero», convenni, «ma ogni cosa si è poi incastrata. Ieri sera, mentre stavamo ripercorrendo ciò che avevo appreso da Nancy Turner, il vicario ha detto che niente è come sembra. Allora mi è venuto in mente che a volte tutto è proprio come sembra. In questo caso è proprio così: un uomo ha ucciso la propria moglie perché ha trovato una donna che desidera di più».

«È stato piuttosto scaltro», dichiarò Ada. «In un modo incredibilmente malvagio, certo».

«Che cosa farà adesso, signora Miller?»

«Vorrei tanto prendere una coperta e schiacciare un pisolino al sole, signora Burnett».

«Santo cielo, che decadenza!», osservò Ada, offrendomi un ampio sorriso.

«Io devo andare a vedere come procedono le cose a casa della signora Leaming», annunciò il detective. «Tornerò più tardi per informarla».

«L'aspetto verso le sei?»

«Ehm... sì, potrei passare verso quell'ora».

«Che coincidenza! L'accompagno all'uscita».

Quando raggiungemmo la porta d'ingresso, mi afferrò per il gomito. «Intendo domandare a sua sorella di uscire con me».

«Mi sta chiedendo il permesso?»

«Ho bisogno del suo permesso?»

«Non sono sua madre», dissi, godendo del suo disagio.

«Tuttavia, vorrei avere la sua approvazione. Ruby vive qui con lei. Mi sembra giusto chiederglielo».

«Lei mi sembra una persona molto gentile», gli dissi, «ma la decisione spetta a mia sorella. Sa essere piuttosto testarda, ma lo avrà già capito».

Sorrise. «È un aspetto di lei che mi piace molto».

Più tardi quella sera, bussarono alla porta pochi istanti dopo che Ruby era rientrata dal lavoro.

«Santo cielo, è più preciso di quanto pensassi!».

«Chi?», chiese Ruby con un'espressione perplessa sul suo bel viso.

«Nessuno». Mi affrettai a lasciare la cucina per andare ad aprire alla porta. «Non ha perso… oh, cielo. Chi è lei?».

L'uomo sulla soglia aveva un aspetto vagamente familiare. «È qui che abita Ruby? Lei dev'essere Martha».

Non mi piacque il suo tono troppo familiare. «Sì, sono la sorella di Ruby, la signora Miller. E lei è?»

«Phillip. Phillip Hardacre. Lavoro con Ruby».

«Davvero?». Finalmente capii dove lo avevo già incontrato. «Era a Slough martedì mattina. L'ho vista maltrattare mia sorella».

Sbirciò il corridoio. «Posso entrare?»

«No, non può». Scossi la testa per dare maggiore enfasi alle mie parole. «Non la conosco, e quel poco che so di lei non mi piace affatto».

«Ruby!», gridò. «Ruby, devo vederti! Ti prego, Ruby!».

Cercai di chiudere la porta, ma lui la bloccò con un piede. Ruby mi raggiunse, mettendosi dietro di me. «Vattene, Phillip. Te l'ho già detto. È finita».

«Che cosa sta succedendo qui?». La gradita voce dell'ispettore Robertson giunse dal sentiero, che venne divorato a grandi falcate. «Quest'uomo la sta forse infastidendo, signora Miller?»

«È venuto a trovare Ruby, ma non se n'è andato quando gliel'ho chiesto».

Il detective sovrastò Phillip Hardacre, il cui volto ora era imbronciato. Phillip allungò una mano per afferrare il braccio di Ruby. «Per favore, parla con me!».

«Se ci tiene alla sua mano, farebbe bene a toglierla dal braccio della signorina. Subito!», ringhiò il detective.

Phillip l'abbassò e fece un passo indietro. Era bello in un modo saccente e presuntuoso. Scarpe lucide, troppa brillantina e un'eccessiva sicurezza. «Non capisco il motivo di tutto questo trambusto. Volevo solo parlarle».

«I giovani educati non si presentano a casa di una signora con un atteggiamento irrispettoso, e non restano se viene chiesto loro di andarsene», dissi affettata.

«Io amo sua sorella». La sua espressione divenne ostinata.

Ruby sospirò. «Phillip, sei *sposato*».

«Ruby!». Non riuscii a mascherare la mia delusione, quando mi voltai a guardarla. «Come hai potuto avere una relazione con un uomo sposato?».

Le lacrime le riempiono gli occhi. «Non lo sapevo. Ho chiuso con lui non appena l'ho scoperto, ma non accetta il mio rifiuto. Mi segue, aspetta il mio treno a Slough e si comporta in modo assolutamente infame».

«Andiamo». L'ispettore Robertson afferrò Phillip per il gomito e lo accompagnò al cancello. «Se vengo a sapere che si è avvicinato di nuovo a quella ragazza, la farò arrestare per violazione della quiete pubblica. Ora se ne vada».

«Grazie, ispettore».

«Non credo che le causerà di nuovo dei problemi, signorina Andrews, ma in caso contrario me lo faccia sapere e me ne occuperò io».

«Venga in cucina. Le preparo una tazza di tè», disse Ruby. «Latte e due cucchiaini di zucchero, giusto?»

«Come fa a saperlo?».

Osservai il detective: la parte superiore delle sue orecchie era di nuovo rosa. Ruby aveva assunto dei modi più affabili nei suoi confronti, e ricordare come prendeva il tè era chiaro indice che le piaceva il bel detective.

«Me lo sono ricordata. Tutto qui», rispose timidamente. Non ci avrei mai creduto se non l'avessi sentito con le mie orecchie. Non immaginavo che Ruby fosse capace di comportarsi in modo impacciato. «Vuoi una tazza, Martha?»

«No, grazie. Ho bevuto così tanto tè questa settimana che non ne sopporto nemmeno l'odore».

«Si è goduta il suo pisolino al sole, signora Miller?»

«Non sono riuscita a dormire», confessai. «Avevo ancora gli eventi di ieri sera che mi turbinavano in testa».

Non era del tutto vero. Temevo che, addormentandomi in giardino, non avrei sentito Luke quando sarebbe venuto a parlarmi del caso, cosa di cui ero certa. Invece non era passato. L'avevo visto per l'ultima volta la sera precedente, quando se n'era andato dalla cucina di Maud. Mi sembrava stupido sentire la mancanza di qualcuno che conoscevo da meno di una settimana, eppure mi dispiaceva avere perso la sua compagnia.

«Sediamoci fuori», disse Ruby. «Ora fa molto più fresco».

Corsi in salotto a prendere la coperta appoggiata sullo schienale del divano. «Andiamo».

Ruby e io stendemmo la coperta sul piccolo prato e ci accomodammo sopra di essa. Il detective restò in piedi, goffamente rivolto verso di noi e con le spalle al cancello del giardino.

«Vorrei parlare con sua sorella», annunciò.

«Favoloso. Vada avanti».

«Vorrei chiederle quella cosa di cui abbiamo discusso oggi».

«Sì, ricordo», dissi. «Continui pure».

«Signorina Andrews». Si tolse il cappello per rigirarselo

tra le mani. Ruby mi guardò confusa. Io le sorrisi, e rivolsi un cenno di incoraggiamento al detective.

Quando mi voltai verso di lui, scorsi Luke avanzare verso il cancello del giardino. «Mi chiedevo se le andasse di venire al cinema con me domani sera. Posso passare a prenderla con la mia auto».

Luke si girò per andare via. Avrei voluto chiamarlo per spiegargli che la richiesta del detective era indirizzata a Ruby, che era fuori dalla sua vista, e non a me, ma non lo feci. Era meglio che non lo incoraggiassi a passare del tempo con me.

«Che bella proposta», rispose Ruby con cautela. «Mi piacerebbe molto».

«Ottimo. Si prenderà cura di mia sorella, ispettore, e la riporterà a casa a un'ora ragionevole?»

«Martha!», squittì Ruby. «Mi stai mettendo in imbarazzo».

«Davvero?».

Mi guardò, ed entrambe scoppiammo a ridere di gusto.

«Come devo chiamarti?», chiese Ruby.

«Cosa? Non capisco».

«Domani, sciocchino», precisò lei. «Non posso mica chiamarti "ispettore" durante il nostro appuntamento».

«Oh, certo. Ora che il caso è concluso, chiamami pure Ben».

«E io sono Martha», intervenni. «Ora vieni a sederti. Mi fai venire il torcicollo così».

Io e Ruby ci avvicinammo per fargli spazio. Lei mi afferrò la mano e me la strinse. Lacrime di felicità mi riempirono gli occhi. Io e mia sorella eravamo più unite che mai, e c'erano due donne nel villaggio che pensavo di potere definire amiche. In passato avevo avuto solo delle conoscenti, mai delle vere amiche.

Lizzie mi leccò il viso. Ero più fortunata di tante altre

persone, nonostante i miei problemi con Stan. La tristezza che avevo provato quando Luke aveva girato i tacchi sarebbe svanita. L'indomani avrei ripreso la mia normale vita: il giardinaggio, il comitato del villaggio, e la cura della casa e di Ruby.

Non ci sarebbero più state lunghe chiacchierate con il vicario sui sospettati, sui moventi e sui nostri tentativi di indagine. Sarei stata grata per sempre per la settimana appena trascorsa, in cui mi era stata data la possibilità di dimenticare, anche solo per brevi istanti, di essere una moglie abbandonata con una vita estremamente noiosa.

«Devi tornare a casa in auto stasera?», domandò di colpo Ruby a Ben.

«No, non sono venuto in macchina».

«Sei ufficialmente fuori servizio?»

«Sì».

Lei scattò in piedi e gli tolse la tazza dalle mani. «Via questo tè. Mia sorella ha appena risolto un doppio omicidio. L'occasione richiede il suo miglior gin alle prugne!».

Si precipitò dentro per tornare con una bottiglia di acqua tonica, il gin e tre bicchieri. «Che idea eccellente, Ruby, grazie».

Ruby ci riempì i bicchieri. «A mia sorella, l'investigatrice! Salute!».

Non ricordavo un momento in cui ero stata più felice. Le sorrisi. «Salute!».

Indice

Elle Cosimano

COME TI AMMAZZO IL MARITO

Volume di 352 pagine

Mamma single stressata di due figli e scrittrice in difficoltà, la vita di Finlay è nel caos: il nuovo libro che ha promesso al suo agente letterario è ancora in alto mare; il suo ex marito ha licenziato la tata senza dirglielo; e stamattina ha dovuto mandare a scuola la figlia di quattro anni con il nastro adesivo in testa dopo che si era tagliata con le forbici. Quando però viene sentita discutere della trama del suo nuovo thriller con il suo agente letterario in un ristorante, viene scambiata per un killer a contratto e accetta un'offerta per sbarcare il lunario. Presto scoprirà che il crimine nella vita reale è molto diverso dalla controparte di finzione… Tra commedia degli equivoci e thriller, un romanzo deliziosamente spiritoso e sinceramente autentico, un bestseller superpremiato che è diventato un culto negli Stati Uniti.

NEWTON COMPTON EDITORI